Arthur Nesnidal

La Mécanique du singe

roman

Mialet-Barrault Éditeurs
3, place de l'Odéon
75006 Paris

www.mialetbarrault.fr

ISBN : 978-2-0802-4280-8

À ceux qui, prisonniers du travail, prennent tous les jours métro, voiture, bus ou camion et rêvent de grands espaces.

Il n'y a pas pire plouc qu'un riche Parisien. Nul n'est plus insulaire. Nul n'est plus convaincu que rien n'a d'existence en dehors de son trou. Résolu, fanatique, il est pecnot dès le berceau ; il s'imagine encore que Paris a des murs pour boucher l'horizon, et cacher à sa vue les banlieues qui l'assiègent, et les quartiers sensibles où rôde la populace.

Si encore il savait la beauté de sa ville ! Mais il n'en connaît guère que son arrondissement ; pour le reste, il se fait conduire. Fier de ses monuments qu'il n'a pas visités, tout plein de ses boulevards, de ses statues, de ses ronds-points, il jette un œil vitreux par la fenêtre close de son taxi, et se moque gentiment des petits provinciaux qui encombrent les places de sourires ébahis. Mais que sait-il de Paris, lui l'homme du monde, l'homme de la capitale ? Il n'a, comme le touriste qu'il méprise, que les façades droites des immeubles haussmanniens à la bouche. Il ne fréquente rien, sinon les lignes modernes de l'urbanisme rationnel, et pourtant prétentieux, du baron Georges-Eugène. A-t-il seulement idée des îlots populos, certes en voie d'extinction, mais qui existent tout de même, et des ruelles, et des boyaux, et des passages, pas encore assez chics pour qu'il les investisse ? Des squares, des tours, des barres, où s'empilent les gueux ? Peut-il se figurer les logis biscornus, les studios étrécis, les chambres sous les toits où l'on se tient penché, les toilettes sur le palier, dont la chasse d'eau fuit et le trou est bouché, les escaliers tordus qui font des crocs-en-jambe ? Approchera-t-il jamais, ne serait-ce qu'en pensée, l'arrière-cour dépavée d'une boutique miteuse que le vieil épicier à l'accent aigu ouvre aux clients jusqu'au matin ? Et les stations crasseuses, où dorment les traîne-misère, sagement roulés en boule sous les affiches de réclame pour quelque parfum capiteux, avant de remonter dans une rame fromageuse pour y mendier à la criée ? Les caves, les squats, les bouges, les ponts, les mauvais quais, les méandres obscurs d'arrondissements périphériques, les bancs, les flaques, les carrés d'herbes folles que les chiens humilient ? Les imagine-t-il, au moins ? Sait-il flâner, enfin, ailleurs qu'au Luxembourg ?

L'hôtel particulier se situait rive gauche, aux pieds de Henri-IV, sur les genoux de Sainte-Geneviève. C'était un bâtiment discret, presque timide, qui s'était réfugié au centre d'un jardin, derrière une cour pavée, pour ne pas exhiber ses atours aux passants ; il commençait tout en noblesse par un vieil escalier dit « en fer à cheval », aux rampes de fer forgé, dans le style XVIIIe, qui mettait à l'honneur une façade haute à l'expression tranquille. Comme le balcon central se sentait un peu las, on lui avait fait don, pour soutenir son poids, de quatre consoles à volutes, richement ouvragées, qu'un compagnon tailleur était venu sculpter. La porte, fenêtrée, laissait passer une douce lumière naturelle dans le hall principal ; on en ouvrait, parfois, à la belle saison, les deux battants en grand, pour faire entrer le soleil, la fraîcheur de la brise, et le chant des oiseaux.

Tout était à sa place dans ce havre de paix. Le maître avait sa suite, son fils unique ses quartiers, les hôtes leurs appartements, et les domestiques leur chambre. L'ascenseur desservait chacun des quatre étages, en plus du rez-de-chaussée ; il était réservé aux maîtres et leurs amis. Du premier au troisième, on avait somptueusement aménagé les grands espaces architecturés, en sorte de rendre chaque pièce chaleureuse et cordiale. C'était une réussite : on aurait pu passer sa vie dans les bureaux, les bars, les salles de jeux, les salles d'eau, les dressings, les placards ; même les corridors avaient l'air avenant, avec leurs toiles de maîtres, leurs éclairages multicolores, et leur parquet de chêne qui faisait leur cachet. Au quatrième, les chambres de bonne. Au sous-sol, une cave, et une buanderie, auxquelles on accédait par un couloir à part, et un escalier séparé, pour que les serviteurs n'envahissent pas le hall ; mais qu'importent les détails de la vie ménagère : il y avait surtout un rez-de-chaussée splendide, où se multipliaient les salles de réception.

Dans le petit salon, une douzaine de messieurs dames dînait et devisait, philosophiquement. C'était une pièce modeste, chaleureuse et boisée, où il était d'usage de servir les repas, et qu'on avait meublée avec minimalisme pour faire le contrepoint du reste de l'hôtel ; il ne s'y trouvait rien d'inutilement ostentatoire, hormis le nécessaire lustre, ancien et classieux, dont les pendeloques en cristal, d'une hauteur démesurée, plongeaient gracieusement dans la sauce béarnaise. Derrière les authentiques fauteuils Henri II qui entouraient la table à manger, sous la tête de cerf, une desserte délicate, mais fonctionnelle, s'appuyait contre le mur où se pressaient les domestiques ; à côté de la porte, un guéridon, à la mode Napoléon III [1] ; et c'était tout.

On discutait, sans retenue. En bonne compagnie, on discute de tout ; il arrive même qu'on parle de rien. On parla donc de ses vacances, de sa maison de campagne, de sa famille, de ses enfants, du dernier concert privé auquel on avait eu le plaisir d'assister, du dîner chic où l'on avait été convié, du nouveau *brunch* en vogue, de la chronique mordante d'un ami journaliste, des frasques d'un homme d'État, des affaires courantes, des affaires publiques, et des races de chien. Les hôtes, quelquefois, lançaient en bout de table un « n'est-ce pas ? » timide au maître de maison, qui n'était pas encore beaucoup intervenu, et ne répondait pas toujours : il mangeait. Monsieur Charnier suait à flots. Il s'épongeait le front avec sa serviette sale, veillant à ménager la mise de ses cheveux, qu'il avait rares, mais gras. C'était un homme profond, et large, et bas, comme l'étaient peu souvent les hommes de ce calibre. Il avait sur le nez une paire de lunettes à la monture robuste, rectangulaire et noire, dont les verres puissants lui faisaient les gros yeux ; un cordon démodé se balançait aux branches, et amarrait l'ensemble à son cou de sanglier. Son

1. Napoléon III ! La fiction l'autorise, à défaut du bon goût. Que le lecteur se rassure : l'hôtel particulier de l'auteur de ce livre est à la fois plus raffiné, et réservé ; on n'y trouve que des guéridons à jupon – pour les séances de spiritisme.

encolure était serrée dans une cravate étroite, qui croyait-il, l'amincissait ; il s'y étranglait bruyamment. Il portait un costume taillé sur mesure – sur ses mesures du mois passé – dans lequel il se débattait pour faire le moindre geste. Il fallait qu'il en change, mais il avait horreur de faire du *shopping*, et revoir son couturier lui aurait coûté : alors il bougeait peu, pour s'économiser.

À force de fréquenter le milieu des affaires, des traites, des gros chiffres, et des contrats juteux, il s'était endurci, jusque dans ses manières : chien dressé à l'attaque, il lorgnait sur la table avec avidité. Il surveillait les autres, contrôlait les portions ; il gardait près de lui les serveurs et les plats, faisait des OPA sur les mets les plus fins, les vins les plus coûteux, grignotait avidement les bonnes parts de marché ; le repas s'avançant, il en prenait le monopole. On apporta les plats de résistance. On en avait prévu une grande variété, pour satisfaire le goût de tous les invités ; on exposa, tout au long de la table, les jardinières, les salades, les coquilles Saint-Jacques, les plateaux d'huîtres et de crustacés, les grillades, les rôtis, et, juste devant le maître, un magret de canard, spécialité du chef qui avait orchestré le banquet.

Le magret de canard faisait toute la splendeur de la gastronomie. On le mangeait rosé, sauf à être un sauvage ; une cuisson délicate en roussissait la graisse, en saisissait la viande, qui n'était que tendresse. Le bon usage voulait qu'on ajoutât du miel, ou de la confiture, juste avant de servir, et que l'on déglaçât au vinaigre de vin ; les tranches, dans l'assiette, étaient serties de pommes sautées, disposées sur un lit de salade – souvent de la roquette, qui prenait par la sauce le goût de la volaille. C'était là le délice, le nectar des olympiens ; à lui seul il disait, avec la force de l'évidence : il fallait que le Sud existe. Il fallait qu'on y roule un patois redoutable, un latin de campagne, un français argileux. Il fallait que l'on fît, à la bonne saison, des joutes folkloriques sur les eaux du Languedoc ; il fallait que Castille, Catalogne, Pays basque et Gascogne se disputassent soleil, montagnes, et tramontane ; il fallait Sète, son port de pêche, et son cimetière marin ; il fallait la Garonne, il fallait Carcassonne ; les forteresses cathares, les vignes, la nature, riche et dure à la fois ; les lieux saints, en dentelle de corail, les maisons roses, les élus rouges, le chanteur blues, les bretteurs, les parfumeurs, les poètes. Il fallait cette terre ; une terre cassante et inhospitalière, que l'on ne quitte pas quand on y a goûté ; où les hommes et les femmes, que la chaleur abîme et que l'aridité flétrit dans la vieillesse, fréquentent le zénith et parfois s'y attardent, en avion, en fusée, en pensée. Monsieur Charnier, lui, s'en moquait ; il se jeta sur la langouste.

Quand il eut terminé de vider son assiette, son plat, son verre, sa bouteille, et la corbeille à pain, il se mit à parler ; et on ne l'arrêta plus. Monsieur Charnier avait beaucoup de mérite ; et il le rappela. Il avait patiemment, année après année, investi les marchés du cassoulet en boîte, du maquereau à l'huile, de l'olive en conserve, et du lardon fumé en barquette individuelle. Lui qui n'était parti qu'avec les sept usines que possédait son père, il avait réussi à faire son chemin : il pouvait se vanter de fournir les écoles, les prisons, et même les militaires, apogée du prestige dans l'agro-industrie ; dans toutes les enseignes de tambouille bon marché, les rayons débordaient d'étiquettes à son nom. Il ne se lassait pas de relater sa vie, histoire palpitante d'une ascension éclair dans le monde des affaires, sur fond de manigances de journalistes bavards, de syndicats bruyants, d'inspecteurs du travail trop tatillons, et d'entreprises rivales ; il était ressorti, impassible et superbe, des flammes infamantes de la calomnie, et de la crise économique, se hissant à la tête d'un groupe transnational pour partir à l'assaut du grand marché européen.

Les desserts arrivèrent ; il se tut de nouveau. On ne sut plus quoi dire. Le silence s'alourdit. Un de ses bons amis – il dirigeait le journal à la télévision – tâcha de le sortir de la crème pâtissière.

« Monsieur Charnier… »

Monsieur Charnier se redressa, et haussa le sourcil.

« Que pensez-vous du climat général dans votre société ? On dit que des grèves se préparent ? »

Monsieur Charnier renifla d'un coup sec.

« Il paraît.

— Vous n'êtes pas plus inquiet ?

— Si je devais m'inquiéter chaque fois qu'un ouvrier se plaint de travailler ! »

Quelques murmures admiratifs accueillirent ce trait. Incontestablement, ce bon vieux Charnier avait le sens de la formule. Fort de ce coup d'éclat, Monsieur Charnier continua.

« Vous voulez que je vous dise ? En France, on ne travaille pas. Pourquoi est-ce que la croissance n'est pas assez importante ? Parce qu'on ne travaille pas. Pourquoi est-ce que les usines quittent le pays ? Parce qu'on ne travaille pas ! Regardez donc les Thaïlandais, les Chinois, les Roumains, les Hongrois, les Polonais : est-ce qu'ils réclament des vacances ? Est-ce qu'ils exigent des week-ends ? Est-ce qu'ils courent après leur retraite ? Non ! Ils *travaillent* ! Il n'y a bien qu'en France qu'on râle et qu'on fait grève. »

Tout était dit. L'analyse était parfaite ; la logique imparable. N'était-ce pas la clairvoyance qu'on attendait d'un homme d'affaires d'une telle envergure ? En à peine quelques lignes, dites entre deux bouchées, Monsieur Charnier avait si bien croqué la France et son peuple grognon qu'on ne put s'empêcher de pouffer. Monsieur Charnier tombait toujours si juste ! On s'étonnait qu'un homme capable d'une telle gamberge ne se fût pas bâti une carrière politique.

« Une carrière politique ? Allons, Monsieur Busset, allons : vous savez bien que je suis trop pris par mes obligations. Je ne peux pas perdre mon temps à bavarder dans l'hémicycle ! À supporter les cris stridents de l'opposition ! À répondre aux media ! Non, je suis bien mieux à ma place… Et puis, il faut bien que des gens fassent tourner l'économie, après tout. »

Il est sept heures et demie.
L'atelier principal frémit :
Les fourmis s'y sont réunies
Jusqu'à la pause de midi.

On n'a pas encore attaqué.
Les ouvriers, positionnés,
Bien alignés, bien ordonnés,
Se défroissent le tablier

Dans un silence exagéré ;
On prend soin de se préparer,
D'ouvrir grand ses yeux fatigués,
De se calmer, de s'étirer,

D'inspirer l'air conditionné
Qui semble s'être raréfié.
Les gorges se sont resserrées.
Toute l'usine est en apnée.

On attend. Le temps, qui s'attarde
Longuement, prolonge l'instant,
Fige les aiguilles flemmardes
Qui se traînent sur le cadran

De l'horloge. Le contremaître
Suit la trotteuse qui s'arrête
Net, chaque seconde, et s'entête
À tituber. Le chronomètre,

Soudain, lance une sonnerie ;
Les haut-parleurs poussent un cri
Strident, violent, à percer les tympans,
Et qui s'étire, et s'éternise, en s'éraillant ;

C'est un sifflement déchirant,
C'est un contre-ut exaspérant,
Une ronde pointée qui s'accroche aux oreilles,
Symphonie de radio-réveil.

Le sol tremble et les crânes vibrent ;
On sent chacune de ses fibres
Se tendre, se tordre, gémir ;
C'est un son qui ferait vomir,

Dont l'écho ne veut pas mourir,
Dont le crissement, qui empire,
Pourrait faire grincer des dents
Une scie à ruban.

La chaîne sort de sa torpeur.
Les machines reprennent vie,
Secouent leurs membres engourdis ;
On a rallumé les moteurs.

L'atelier pousse une clameur.
La vieille sertisseuse grince,
Le tapis gémit, et la pince
Ouvre ses doigts pris de douleurs.

Le pilon dévoré de rouille
Craque en sortant de son sommeil.
Le broyeur, que la viande souille,
Ouvre les yeux, baye aux corneilles,

Et dans un hoquet tout s'enclenche :
Premier tour de machine-outil,
Premier mouvement des produits,
Premiers gestes, premières tranches,

Premières taches sur les manches,
Premiers accrocs sur les mains blanches.
Les automates employés
Ne font plus qu'un avec l'acier ;

Ils fondent dans le corps huileux,
Graissé, lubrifié et crasseux
De l'usine qui tousse et crache
Ses premières fumées et lâche

Une nouvelle mélodie.
Premières perles de labeur,
Premières gouttes de sueur,
Premiers râles qui s'amplifient.

La boîte de métal rugit,
Elle mord et griffe la tôle,
Elle martèle à tour de rôle
Le fer, le poivre et la bouillie

De viande dont on fait la sauce
Bolognaise. Le bruit augmente,
Le basilic séché rehausse
Les conserves, et l'acier chante ;

C'est un opéra percussif,
C'est un requiem intrusif,
Qui entre dans le cervelet
Et s'installe dans les pensées.

Deuxième tour de sablier,
Deuxième usage des manettes,
Deuxièmes gestes segmentés,
Deuxièmes poses d'étiquettes

CHARNIER
CHARNIER
CHARNIER
CHARNIER
CHARNIER
CHARNIER

L'usine est un endroit où rien ne se fatigue; les hommes y so

ulant.

ne se fatigue ; les hommes y sont constants comme le tapis ro

CHARNIER
CHARNIER
CHARNIER
CHARNIER
CHARNIER
CHARNIER

sont constants comme le tapis roulant. L'usine est un endroit où rie

constants comme le tapis roulant. L'usine est un endroit où rien ne

SAUCE TOMATE SAUCE TOMATE SAUCE TOMATE

SAUCE TOMATE SAUCE TOMATE SAUCE TOMATE

Si seulement les ouvriers pouvaient tous disparaître ! L'usine veut être un monde de pure mécanique, monde de perfection, monde de rendement ; monde de sauce tomate,

sauce qui coule comme un fleuve

SAUCE TOMATE SAUCE TOMATE SAUCE TOMATE

SAUCE TOMATE SAUCE TOMATE SAUCE TOMATE

CHARNIER
CHARNIER
CHARNIER
CHARNIER
CHARNIER
CHARNIER

L'usine est un endroit où rien ne se fatigue ; les hommes y s se fatigue ; les hommes y sont constants comme le tapis roulant,

VITE

●RATION

CHARNIER
CHARNIER
CHARNIER
CHARNIER
CHARNIER
CHARNIER

tendu. Qui parle de surproduction ? Les hommes ont toujours faim .

● ● ●

roduction ? Les hommes ont toujours faim : c'est une faim à flux

ALISER

OPTIMISER

PRODUIRE PRODUIRE

VITE CHARNIER VITE

CHARNIER
CHARNIER
CHARNIER
CHARNIER
CHARNIER
CHARNIER

'est une faim à flux tendu. Qui parle de surproduction ? Les hommes ont toujours faim : c'est une faim à flux tendu. Qui parle de su

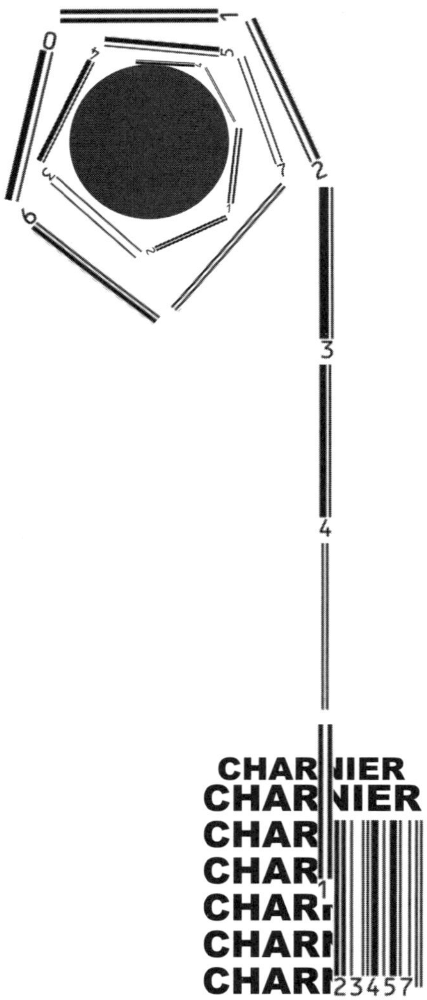

Achetez ! Mangez ! Consommez ! Que disparaissent les produits pour laisser la place aux suivants !

CHARNIER
CHARNIER

901234 123457

...oduits pour laisser la place aux suivants ! Achetez ! Mangez ! Cons...

...r laisser la place aux suivants ! Achetez ! Mangez ! Consommez ! Qu...

CHARNIER
CHARNIER
901234 123457

NOUVEAU !
N'attendez plus
familial, pour les
Existe aussi au

mez ! Que disparaissent les produits

400 ml.
400 g. purée de tomate 91%
oignon 4% huile de tournesol 3% additifs 2,8% sel 0,9% traces de céleri. Conserver à température ambiante. À consommer de préférence avant le/N°de lot sur le couvercle. prix TTC 1,99. En cas de problème, appeler le numéro consommateur indiqué sur le paquet (prix d'un appel local depuis un poste fixe).

et essayez le format
petits comme pour les grands.
format mini. N'oubliez pas le tri ! Emballage aluminium à 96 % recyclable.

Conserve entièrement produite et assemblée en France. Le contremaître examinait l'une des boîtes de sauce tomate qui arrivaient en bout de ligne : c'était une boîte toute simple, qui n'avait rien de particulier, rien de révolutionnaire : un bête cylindre circulaire droit qui remplissait son devoir d'être plein, bien fermé, correctement étiqueté, dans une police sans caractère. L'aluminium, fraîchement lavé, paraissait fier de lui : il brillait de banalité.

Après quelques vérifications, il devint évident que les produits de ce matin-là passeraient sans problème le contrôle qualité. Le contremaître posa la boîte, et retourna à son bureau, et lut attentivement le rapport des chiffreurs. Des tableurs détaillaient la cadence à laquelle les machines tournaient, et combien de produits sortaient à la minute (en tenant compte des rebuts). On semblait bien parti pour tenir les quotas. Le rendement était bon. La hiérarchie serait contente. Alors le contremaître se permit de sourire.

Le café coulait. Depuis son cagibi, debout devant les vitres, il observait attentivement l'agitation des ateliers. Ici, les lignes. De l'autre côté, les machines individuelles, qu'il fallait davantage garder à l'œil – car c'était là, surtout, que l'on pouvait envisager de tirer au flanc. Là-bas, d'ailleurs, le retard était constant ; personne ne tenait jamais les moyennes théoriques que les ingénieurs du groupe calculaient pourtant au centième d'heure près – et ce n'était pas faute d'envoyer des chiffreurs, une fois par demi-heure, pour mettre la pression. Il se servit une tasse.

« Ouvriers responsables, production déplorable. »

C'était un jus infâme, inhumainement serré, presque solide, qu'il ne sucrait pas – il en faisait un point d'honneur – parce qu'il tenait à signifier qu'il s'était fait à l'amertume.

« Vous en voulez ? »

Le chef d'îlot se raidit.

« Sans façon.

— Alors allez faire un tour dans l'atelier quatre. »

Le contremaître n'attendit pas qu'on exécute son ordre. Il se tourna immédiatement et reprit sa vigie. Spectacle fascinant. Pliage, cintrage, découpage, perçage, soudure, assemblage, polissage… Comment appelait-on toutes ces machines, déjà ? Il ne parvenait plus à se le rappeler. Les mots lui échappaient, le fuyaient, même. Il finit par lâcher un haussement d'épaules. Quelle importance ? Après tout, il ne criait jamais sur le tour à métal. Entre ces quatre murs, pour le cadre qu'il était, les machines s'appelaient

Fabre, Wasser, Dumont, Bouchard, Pucherolles, et Masson. Masson était rouillé, fragile, et capricieux. Fabre grinçait beaucoup, surtout les jours de paye. Bouchard devait avoir des fuites tant il allait aux toilettes. Pucherolles et Dumont produisaient trop de rebuts – il aurait fallu les remplacer. Heureusement, Wasser dysfonctionnait rarement. Le chef d'îlot déambulait dans l'allée centrale, son bloc-notes à la main. Wasser, justement, venait de terminer. Il s'approcha, lui fit soulever son casque antibruit, lui hurla quelque chose dans l'oreille, et lui transmit le plan de sa prochaine pièce. Marcel prit le papier et lut les instructions. Il remit son casque, il fit un signe au chef ; puis on appela le cariste, qui arriva presque aussitôt pour charger sur son poste un de ces gros blocs d'acier brut dont on faisait les composants des machines-outils de Charnier AgrIndus.

LISTE DES OPÉRATIONS RÉALISATION D'UNE PIÈCE DE CHAUDRONNERIE		
OPÉRATIONS	INTITULÉ	TPS EN HEURES
1	Découpe de différents profilés (tôle et cornières)	0,50
2	Perçage et bavurage	0,30
3	Soudure	0,80
4	Meulage et polissage dans la section en inox	0,40
5	Pose et essayage de l'ensemble sur la machine	1,00
	TEMPS TOTAL DE RÉALISATION	**3,00**

Voir plan en annexe

Marcel rentra plus tard du travail ce jour-là. Il faisait nuit. Le blanc de la clôture se détachait à peine du noir environnant. Il suivit la petite allée qui traversait ses dix ou onze mètres carrés de jardin potager, et chercha ses clefs. Derrière la porte, la chienne se mit à aboyer, à couiner, et à gratter le bois. Il ouvrit. Il entra. Laïka sauta sur lui et lui lécha les mains. Venait ensuite sa femme, qui attendit debout, dans l'entrée, qu'il enlève sa veste pour l'accueillir. Il fit un pas vers elle.

« Tes chaussures ! »

Il ôta ses chaussures. Elle l'embrassa.

« Alors, ta journée ?

— Ça va.

— Tu as bien travaillé ?

— Oui. »

Dans la cuisine, il se lava les mains. Le repas était prêt. On passa à table. On mangeait de la soupe. Il sentait, sur ses avant-bras, le contact collant de la toile cirée rouge et blanche – sa femme avait passé l'éponge –, et écoutait le son de la grosse cuillère dans son assiette creuse. Il se servit un verre de rouge. Une des lampes grésillait. Marcel soupira. La lumière électrique lui fatiguait les yeux, mais il valait mieux épuiser jusqu'au bout les ampoules. Sa femme, face à lui, souriait faiblement ; elle voulait parler. Il prit la télécommande et alluma la télévision ; c'était l'heure du journal. Dans le petit écran, il y avait des morts. Meurtres, maladies, famines, guerres : rien de plus que la routine. Il regardait sans voir. Il ne suivait jamais vraiment les informations : c'était seulement son habitude. Le débat de spécialistes glissait sur lui. Il ne s'intéressait pas à la politique. De toute manière, il n'y connaissait rien. Il n'avait ni diplôme, ni costume, ni cravate.

Après le repas, il se leva. Il était écrasé de fatigue.

« Je vais me coucher.

— Tu ne veux pas du dessert ? »

Elle désignait du doigt une compote Charnier®.

« Non. »

Il monta les marches jusqu'à l'étage, tourna le bouton de la porte de la chambre, laissa tomber ses habits au sol, et s'écroula sur le matelas. Quand il se réveilla le lendemain matin, la lessive était faite. Marcel sortit du lit, passa une chemise et un pantalon propres, et descendit déjeuner. Un petit courant d'air entrait par la fenêtre, et le soleil, déjà, blanchissait. Il respira profondément, et commença à boire son grand bol de café.

« Tu as bien dormi ?

— Oui. »

Marcel semblait de bonne humeur.

« Qu'est-ce que tu vas faire, aujourd'hui ?

— Je sais pas.

— Il faudrait que tu t'occupes de la salle de bains.

— D'accord.

— Et du jardin, aussi. »

Marcel acquiesça, et sa femme l'embrassa sur le front.

« Merci, chéri. »

Marcel vivait avec sa femme dans la banlieue pavillonnaire, où les maisons se succédaient ; ils en possédaient une, presque grande, presque belle, bien raccordée à l'eau, au gaz, au téléphone, qu'ils payaient à la banque depuis bientôt trois ans. Ils étaient très contents d'habiter leur maison. Il y avait deux chambres, pour le cas où, peut-être, ils se décideraient à avoir un enfant, une salle à manger, une cuisine, tout équipée, avec sa gazinière, son four, son lave-vaisselle, son micro-ondes, son batteur électrique, et son presse-citron, une salle de bains, séparée des toilettes, et un jardin, minuscule, certes, mais que Marcel chérissait, où l'on sortait, parfois, le barbecue – il y avait juste assez d'air pour y placer la table ronde, en plastique blanc, et ses deux chaises d'extérieur, qu'on rangeait d'ordinaire tout au fond du garage. Qu'auraient-ils pu souhaiter de plus ? Ils avaient tout ce qu'il fallait.

Il restait, tout de même, quelques petits travaux. Dans la salle de bains, Marcel devait poser un nouveau revêtement, pour que tout soit bien propre, et changer le tuyau de douche, qui fuyait depuis des lustres. Le jour était venu : il avait acheté un seau de ragréage, et la bonne surface de carreaux de ciment, dans les tons ocre, qui tiraient quelquefois sur le orange le plus franc jeu ; il passa son dimanche matin à les mettre bout à bout, bien parallèles au mur, s'assurant de former un quadrillage parfait. Marcel n'en était pas à son premier carrelage. Il respectait, scrupuleusement, l'intervalle idéal de quatre millimètres que comblerait bientôt le mortier de jointement ; il n'était pas du genre à bâcler son travail. Après trois heures d'effort, il remballa son seau, ses outils, les chutes, le ciment, et descendit au rez-de-chaussée, un sourire satisfait faiblement étiré sur son visage en sueur. Le bas du dos le lançait. Il tomba sur une chaise. Il grimaçait, à présent.

Sa femme cuisinait. Elle avait, dans une jatte, cassé six œufs de poule, qu'elle battait à la fourchette d'un geste vif et précis. Les jaunes s'étaient déchirés, et mélangés au blanc ; elle y vida la fin du pot d'herbes de Provence, et ajouta la ciboulette, qu'elle faisait pousser à la fenêtre de sa cuisine. Elle alluma le gaz et fit chauffer une poêle. Quand la fonte fut brûlante, elle versa l'huile de tournesol, qui se mit à chanter, et sa préparation ; elle saisit la spatule, et souleva, délicatement, les bords de la mixture, qui commençait déjà à se solidifier ; après quelques instants, elle plia le tout en deux, et servit. L'omelette était sensationnelle ; son cœur, encore fondant, achevait tranquillement de cuire dans l'assiette.

« À table. »

Elle avait mis à Marcel une grosse tranche de lard grillée. Quelques minutes plus tard, Marcel avait fini, et regardait sa femme manger tout doucement. Il attendit, longtemps, en silence. Elle ne lui dit rien. Elle ne faisait jamais de reproche à ce sujet. C'était comme ça. Il ne savait manger qu'au rythme de la cantine. Au bout d'une demi-heure, il n'y tint plus :

« Tu as terminé ? »

Elle allait avaler sa dernière bouchée.

« Je pense, oui. »

Marcel posa les mains sur la table, et se leva d'un coup.

« Bon ! Alors, au travail. »

Marcel était très fier de son jardin. C'était une petite bande de terre de deux mètres cinquante sur presque cinq de long. Il y avait planté ses rangées de poireaux, de petits pois, et de carottes, entre lesquelles poussaient quelques radis pour l'apéro. Plus loin, on pouvait voir les haricots à rames, et deux pieds de citrouilles ; et tout au bout, enfin, s'agrippant au grillage qui marquait la frontière avec son voisin, des cornichons et des courgettes, dont il prenait grand soin : elles étaient, et de loin, les plus impressionnantes des jardins de la rue – on lui enviait cette réussite –, et c'était tout. Il n'avait ni lapins, ni poules. D'autres, dans le quartier, en élevaient parfois ; mais il s'y refusait. Il n'était pas un *paysan.* Il avait un salaire pour remplir son caddie. Sa viande, et ses œufs, il pouvait les acheter dans les supermarchés. Il n'avait pas besoin de gratter toute sa vie la merde des clapiers. Il ne vivait pas dans un trou. Ses pieds ne faisandaient pas dans les bottes verdâtres en caoutchouc, que portaient les pécores du berceau au cercueil. Il ajusta son col, et enfila ses gants. Il était temps de s'y mettre. Il avança sur une des planches, et commença à arracher les mauvaises herbes qui s'étaient installées entre ses pousses, au cours de la semaine, quand il était au travail. C'était toujours ainsi. Le liseron, le chiendent, les trèfles, et l'oxalis attendaient son absence pour ressortir de terre ; et le dimanche, il revenait, et les éradiquait pour protéger son potager. Il se penchait, profondément, saisissait au plus proche du sol ces petites envahisseuses, et les déracinait, une par une ; puis il se redressait, et jetait sa pleine poignée dans le grand sac-poubelle en plastique noir ouvert à quelques pas de lui. Poignée après poignée, rangée après rangée, Marcel se baissait, se relevait, et se baissait encore ; de temps en temps, il s'arrêtait, et regardant le ciel, poings sur les reins, faisait craquer son dos, et cela le soulageait. Puis il y retournait : le jardin ne se ferait pas tout seul.

Le jour baissait quand il arrosa. L'arrosoir était lourd, mais Marcel était fort. Il s'assura de ne pas trop donner à ses tomates, qu'il fallait faire souffrir, et garda, pour la fin, ses capucines pleines de pucerons, et ses œillets d'Inde. Il resta un instant immobile et songeur. Tout était fait, et bien fait. Le jardin était modeste ; il n'avait rien d'un champ ; c'était seulement un endroit calme, où il prenait le temps. Il n'en tirerait pas grand-chose : c'était une terre ingrate, qui n'autorisait que les haricots chétifs et les tomates trop vertes, que le soleil boudait, et où proliféraient une caillasse inexpugnable, et toutes sortes de nuisibles. Ce lopin miniature ne le nourrirait pas : mais c'était *son* jardin. Marcel souffla un grand coup. Il avait fini. Bien sûr, rien n'était accompli définitivement. Le dimanche suivant, il faudrait revenir ; les mauvaises herbes auraient repoussé ; et puis il fallait refaire la peinture de la chambre ; mais d'ici là, quand il y repenserait, à l'usine, quand il en discuterait, à la cantine, avec les autres, il n'aurait pas à avoir honte ; il pourrait dire sans sourciller qu'il avait bien rempli sa pause hebdomadaire.

« Si tu as terminé, viens manger. C'est chaud.

— J'arrive. »

Marcel se coucha tôt après avoir dîné. Il était fier de lui. C'était décidément un dimanche bien reposant.

Marcel partit plus tôt au travail ce jour-là. Il faisait nuit. Dans la rue silencieuse, quelques silhouettes lasses allaient d'un même pas. Marcel ferma la porte et se mit à marcher, automatiquement. L'air était encore froid. Les oiseaux et les chiens dormaient profondément. Le quartier se taisait. Il percevait à peine le bruit de ses chaussures qui écrasaient, tour à tour, le gravier de l'allée, la terre de sa ruelle, et le goudron de la grand-route. La lune était cachée. Il n'y avait pas d'étoiles. Il était seul au monde. Les réverbères, déjà éteints, s'inclinaient à son passage. Les poings serrés au fond de ses poches tièdes, il observait les gros nuages qui restaient en suspens, et les trembles sans feuilles qui attendaient le printemps sur le bord de la route. Un peu plus loin, à une trentaine de mètres tout au plus, une lumière électrique jaillissait faiblement d'une bâtisse isolée. Le *Bistrot des Trois Huit* était déjà ouvert. Tout était prêt pour la journée : les tables et les chaises étaient dehors. Une musique rock s'échappait timidement d'un vieux poste radio. Les parasols étaient déployés. Quelques clients étaient là, aussi – toujours les mêmes ouvriers, qui se levaient plus tôt pour paresser plus activement, et que l'on retrouvait, d'ailleurs, au même endroit, le soir venu. Marcel leur adressa un regard dédaigneux.

Jean-Pierre et tous les autres taillaient une bavette en terrasse. Ils s'étaient regroupés à une petite table ronde, que le patron leur réservait depuis l'ancien patron, et qu'ils avaient eux-mêmes calée, ils ne se rappelaient plus quand. Ils y avaient leurs habitudes : il y avait le canard, le café, et les clopes ; les clopes se pressaient aux abords d'un cendar ; on trempait le canard dans le jus qui fumait ; on se refilait le baveux. Jean-Pierre était fumasse. Il parcourait les lignes et les colonnes en diagonale, pendant ce temps qu'un de ses potes gueulait comme un putois. Les prolos seraient jamais posés tant que tous ces cons-là de sociaux-traîtres et de rupins auraient droit de cité dans les arrière-cours des palais.

« Mais matez-moi ce portrait, qu'il disait en lorgnant sur Charnier, parce qu'il faisait les gros titres. Ça, il peut être fendard ! Il chourave les heures sup', il carotte Bercy, il arrose de biftons la flicaille et les juges pour qu'ils ferment les mirettes, il se met bien avec les pisse-copies, et nous, on passe à la caisse – pour pas dire à la casse. On trime, on rame, on s'esquinte, on déguste, et tout le monde s'en cogne. Vive Charnier ! Charnier, le sauveur de l'emploi ! Charnier, le roi du mânagement [1] ! C'est tout ce qu'ils savent prêcher. Qu'est-ce qu'ils en ont à

1. En français dans le texte.

foutre, des défauts des machines, et puis des accidents ? Est-ce que ça leur en touche une, que Philippe ait passé sa mimine au broyeur ? Que Jean-Paul se soit bien arrangé la guibolle en se mangeant le cariste ? Vas-y Jean-Pierre, dis-nous ! Est-ce qu'il y a un mot sur tout ça dans leur feuille de chou ? Que dalle ! Ceux-là, j'voudrais bien voir leur nom dans la rubrique des faits divers, ou même seulement dans la presse à scandale. Ça leur ferait pas de mal de prendre l'air en cabane, et de se refaire une santé. Mais bon, tu peux toujours courir. Dans le torchon, sûr que t'entendras causer de serviettes, ça oui, mais jamais chez les gros. Les p'tits, ils tirent une caisse, ils se font coffrer, et on leur fout le chignon sous la gillette. Mais les messieurs, ceux qui ont tous les chiffons de cinq cents, ils peuvent bien resquiller et voler à millions : on leur déroule le tapis rouge. »

Et il se colla d'un trait son noisette dans le fusil.

« Alors quoi ? J'ai pas raison ? »

À ce moment, tout le monde se la boucla ; et on se mit à zyeuter la trombine à Jean-Pierre.

Il y avait un pommier au commencement,
Un arbre de douceur et de fraternité
Qui nourrissait abondamment l'humanité.
Un serpent s'en approche et mord avidement
L'un des fruits, puis un autre, et fait mourir sa faim ;
Puis il entoure le tronc de fils barbelés,
Plante une pancarte : « PROPRIÉTÉ PRIVÉE »,
Prend un fusil et dit : « Le bien commun est mien.
Qui veut en profiter devra d'abord payer. »

Accourent l'homme et la femme, déconcertés.
Ils protestent d'abord ; mais devant le fusil,
Se calment tout à coup. Maintenant ils supplient,
Mais le reptile sait conserver son sang-froid.
« Serpent, implorent-ils, comment te paierons-nous ?
Nous sommes sans le sou, nous qui partageons tout !
— Vous n'aurez qu'à verser votre sueur pour moi.
Toi, la femme, tu passeras la serpillière,
Tu seras au foyer, tu seras ménagère,
Tu resteras collée à une gazinière,
Tu seras soumise à ton époux et ton père,
Tu donneras tes enfants pour gagner la guerre,
Et je vendrai tes draps et ta chair aux enchères.
Toi, l'homme, tu iras à l'usine et aux champs.
Tu descendras miner charbon, sel, et diamant,
Tu forgeras mon fer, gâcheras mon ciment,
Tu dresseras pour moi statues et monuments,
Tu évideras maquereaux, thons et merlans,
Tu fumeras saumons, carpes, morues, harengs,
Tu abattras mes porcs et mes moutons bêlants,
Tu désosseras mes bœufs dans un lac de sang,
Tu vendras mes œufs de batterie aux clients,
Tu broieras mon manioc, mon seigle et mon froment,
Tu rempliras mes boîtes de haricots blancs,
Tu seras soumis aux normes de rendement,
Tu feras sans fin la course contre le temps,
Jusqu'à ce que je t'abandonne aux encombrants,
Et que je te notifie ton licenciement. »
Alors l'homme et la femme, vaincus, obtempèrent.
La femme de ses fourneaux devient prisonnière ;

L'homme travaille dur pour gagner son salaire
Dont le serpent fixe lui-même le montant,
Et la composition d'une main de fer :
La première partie, selon le taux horaire ;
La partie mobile, fonction du rendement ;
Des clous, enfin, pour les heures supplémentaires.
Une éternité de servitude se passe.
Le serpent meurt et laisse sa place aux rapaces
Qui inventent la Bourse et la spéculation,
Qui assoient par les banques leur domination.
Un jour un ouvrier lève un poing de colère.
« Que les syndicats soient ! Qu'on suive leur bannière ! »
Lassés de se tuer gentiment à la tâche,
Les autres se découvrent une âme bravache.
Ils brisent la chaîne ; ils occupent l'atelier,
Et voient que les patrons, le visage effaré,
Craignent que la grève soit cause de leur chute,
Que les barricades cassent leur règne inique,
Que de la révolte naisse la république.
Nous sommes les enfants de cette longue lutte.
Nous sommes les enfants du premier exploité
Qui éleva la voix ; nous sommes les enfants
De toute insoumission. Serons-nous les parents
De la révolution ? Du moins, il faut tenter.

Plus personne ne mouftait. Tous les copains se louchaient dessus en se poussant du faux col. Dès qu'il causait, le Jean-Pierre, ça faisait un barouf à faire claquer de flippette les quenottes dorées. Jean-Pierre, c'était le moineau qui faisait décarrer les corbeaux et vautours. Jean-Pierre, c'était le pauvre Jacques qui allait foutre sur la margoulette des culs bénis de l'industrie. Quand il causait, le Jean-Pierre, il causait beau. Quand il causait, c'était un grand, c'était un dragon, c'était un chien de chasse enragé qui tenait bon le morceau. Quand il causait, le Jean-Pierre, il pouvait se colleter les têtes d'œuf sans trembler des genoux – quand il causait, on l'appelait monsieur.

Marcel renifla bruyamment. C'était toujours la même chose. Jean-Pierre parlait, ses amis parlaient, tout le monde parlait, et on ne comprenait rien. Qui voulaient-ils convaincre, avec leur charabia ? Marcel détestait ces types, et leurs discours, et leurs grands airs. Il se sentait petit, bête, sans instruction. Il ignora le colloque, et reprit son chemin.

C'était presque la campagne au bout de la banlieue. On devinait que quelque part, derrière les pavillons, il devait y avoir des champs, puis des villages, et peut-être des bois de plantation, des forêts naturelles, et au-delà encore, qui sait, une jungle. Marcel leva la tête. L'usine était assise sur l'horizon. Ses cheminées perçaient le ciel. Ses grillages lacéraient la noirceur de la nuit. Le monstre semblait hostile à ces heures engourdies de sommeil, ces heures de silence, ces heures improductives ; on sentait son désir de briser violemment son immobilité ; on ressentait son impatience ; on entendait presque l'horloge décompter fébrilement les secondes, en attendant que l'atelier, enfin, s'ébroue.

Perruque

Il n'y avait pas encore beaucoup de monde dans les vestiaires. Marcel posa sa veste dans son casier, se déshabilla, et sauta dans son bleu. Il badgea la porte. Nouveaux casiers, avec les fiches d'instructions. Il attrapa la sienne, et badgea la porte. Dans le réfectoire, un four à quatre-vingts degrés conservait les gamelles à température. Il y laissa la sienne et badgea la porte. Le magasinier faisait la tête. Il lut la fiche de Marcel, puis :

« Alors, on a une plaque de quinze par quinze (douze d'épaisseur).

— Non, deux. »

Le magasinier releva la tête. Marcel sortit une bouteille de son sac. Le rouge changea de main.

« Deux plaques ! Allez, bon courage. »

Marcel badgea la porte. Il prit le temps de s'assurer que personne ne pouvait le voir. Mieux valait rester prudent. La semaine passée, il s'était fait prendre ; et il ne pouvait vraiment plus se permettre la moindre retenue sur son salaire. Il jeta un regard au poste de surveillance. Rien. Il tendit l'oreille : rien. Le contremaître semblait absent. Il devait être parti crier ailleurs. Aux entrepôts, peut-être. Cela lui laissait bien une grosse demi-heure. Un peu plus rassuré, il s'installa, et commença.

Le carbone tungstène s'approcha de l'acier et, doucement, délicatement, comme s'il avait peur de brûler les étapes, vint l'effleurer dans un crissement métallique insoutenable. La plaque, en se déchirant, cracha des étincelles et, poussant un râle de mort, un tourbillon noirâtre de fumée qui se répandit aussitôt dans tout l'atelier. Marcel fut aveuglé, mais il avait l'habitude : il plissa les yeux, et se concentra. Rien ne pouvait l'empêcher d'exécuter des coupes au dixième de millimètre. Debout aux manettes, il entrapercevait les poussières de métal fondu qui s'envolaient comme une nuée d'insectes, et devinait, à travers les volutes, les formes que traçait le disque de sa machine.

Segment après segment, angle après angle, Marcel suivait précisément le plan qu'il avait à l'esprit. Il assemblait les pièces dès qu'il les achevait, et l'on voyait apparaître, entre ses mains calleuses, la silhouette saisissante de vérité d'un éléphant d'Afrique qui marchait paisiblement, la trompe basse et l'oreille dressée. Il rejoindrait bientôt le rebord de sa cheminée, entre le chat et la tortue marine que sa femme aimait tant. Au cours de ses années passées dans cette usine, il avait rassemblé toute une ménagerie dont chaque nouveau membre, plus fin et détaillé que ses prédécesseurs, le comblait de joie. Il n'aurait su comment le dire, mais il lui semblait qu'il avait le droit de tirer de ses fabrications une certaine satisfaction, comme si le fait de faire quelque chose de lui-même, pour lui-même, pouvait contenir une forme de noblesse, ou, tout du moins, de grandeur. C'était là la seule manière qu'il avait su trouver d'exprimer, sans en éprouver de honte, toute la tendresse que lui interdisait sa longue éducation d'homme fort et digne, d'homme fort, donc digne.

Il était fier. Il n'y avait que lui pour réussir une telle sculpture avec cette meuleuse presque obsolète, qui n'autorisait pas de couper autrement qu'en ligne droite. Lui, lui qui avait décidément de l'or dans les mains, était parvenu à donner à l'ensemble une harmonie inespérée. Il avait mis tant d'âme et de passion dans ce petit objet qu'on aurait dit que l'animal allait bientôt prendre vie. Il le fit tourner entre ses doigts. Était-il fidèle à la réalité ? Il ne pouvait en jurer. Il n'avait jamais vu, de ses propres yeux, le moindre animal exotique. Il n'y avait ni cirque, ni zoo dans la cité ouvrière dont il n'était pas sorti depuis son mariage. La queue était peut-être un peu trop longue ? Les pattes trop larges ? Si on s'en tenait aux documentaires qu'il regardait avec avidité à la télévision, il n'y avait aucune erreur. Bien sûr, un zoologue se serait gentiment moqué de certaines approximations, mais quoi ? Il n'était pas zoologue, et il avait fait de son mieux. Et puis, au bout du compte, ce n'était pas l'exactitude scientifique qui importait, mais plutôt l'impression diffuse qu'il laissait de douceur, et d'ataraxie.

Une formidable paix l'inondait. Il entendait le fracas assourdissant de l'usine s'éloigner peu à peu. La sertisseuse barrissait. Le pilon clapotait. Les murs et le plafond avaient cédé leur place à la clarté de l'horizon. Marcel ferma les yeux. Il était maintenant aux abords d'un tout petit point d'eau, où les grands mammifères se donnaient rendez-vous. Des antilopes et des girafes étaient venues sans crainte y étancher leur soif, à l'heure où lézardaient crocodiles et félins. L'air était bon, le soleil haut, et la journée magnifique.

« Qu'est-ce que vous fabriquez, Wasser ? »

Marcel eut un sursaut et laissa échapper l'éléphant, qui se jeta au sol dans un tintement affreux, et glissa jusqu'aux pieds du chef des ateliers. Celui-ci se baissa, le ramassa, le considéra ; il fit la moue, et le mit au rebut.

« Reprenez le travail, Wasser. Nous reparlerons plus tard de tout ceci. »

Marcel, sans dire un mot, se remit au travail.

Le contremaître gueulait admirablement. C'était un gnome en costume gris, qui jaillissait du sol, les yeux plissés, les lèvres pincées, et le dos bien tendu pour maintenir la tête à son mètre cinquante ; il sortait de cette chose une voix de ténor, qui passait pardessus le fracas des machines, et figeait le sang des ouvriers.

Son cagibi était au centre de l'usine ; depuis cette retraite, aux parois tout en verre, où il restait le plus souvent, il épiait. Il guettait. Il observait. Il surveillait. Il promenait partout son œil inquisiteur, son œil d'indicateur, l'œil de la direction. Mouchard de profession, cafard par vocation, il gardait, dans la poche de sa chemise rayée, un calepin étroit où il notait on-ne-savait-quoi sur la conduite des salariés ; rien ne terrifiait plus que ce zèle servile. Il était la menace, qui plane, et que l'on sent, mais que l'on voit trop tard ; lorsqu'il ne fourrait pas son nez démesuré entre les lames en bois du store de son bureau, il passait comme une ombre d'un atelier à l'autre, les mains jointes dans le dos, et se glissait, tout doucement, silencieusement, entre les tables, les machines, et les palettes de la réserve.

Quand il n'était pas là, on l'appelait Rumplestiltskin. Cela lui arrachait un sourire mauvais. Quand il n'était pas là ! Pensait-on sérieusement qu'il n'était pas partout ? Il avait dû garder quelque trésor magique au pied d'un arc-en-ciel, jusqu'à ce qu'un chasseur de têtes des usines Charnier vienne le débaucher ; on lui avait soumis un contrat de contremaître, qui pourrait évoluer, s'il se montrait assez convenablement dressé, en contrat de *manager* – et il s'était laissé tenter par cette perspective. Il avait dit adieu aux vignes ivres des rives du Rhin, aux fées aux cheveux verts qui incarnent l'été, et aux chansons de bateliers ; il avait, résolu, tourné le dos aux bois, aux clairières, aux châteaux, délaissé à jamais son pays de bûcherons, de tailleurs, de chevaliers et de princesses, qui n'en finissaient plus de jouer de vilains tours aux sorcières rhumatisantes, et s'était élancé dans le monde de l'industrie, du progrès scientifique, et du charbon désenchanté. Il n'avait plus à endurer les rires insupportables d'enfants mal éduqués. On ne se moquait plus ouvertement de lui. On ne le traitait plus comme un vulgaire nain. On lui disait bonjour. On l'appelait monsieur. On se taisait à son passage. On le craignait, enfin ! Il était supérieur aux hommes, exception faite, c'était chose entendue, de Monsieur le Directeur, à qui il consacrait son existence et ses courbettes ; pour le reste, il se faisait plaisir. Il ne servait plus les mêmes dieux, et s'en félicitait. Était-il mieux considéré que par la Loreley ? Il avait eu une chaumière ; et il avait un pavillon. Il avait eu une forge ; et il avait les ateliers. Il avait eu une clochette ; et il avait un sifflet. Il avait eu la solitude, la poésie, la liberté ; et il avait la société, l'argent, et un peu de pouvoir, et cela le décidait : il y avait gagné au change.

Il s'éloigna de Marcel de son pas énergique. L'orage était passé, parti foudroyer d'autres. Le contremaître marcha, furieusement, vers la trentaine d'ouvriers au visage fermé qui attendaient, devant sa loge, qu'il vienne leur ouvrir. Déjà Rumplestiltskin jurait entre ses dents. La pause était finie depuis quatre minutes ; mais il fallait toujours que les hommes se plaignent pendant leurs heures de travail. Fallait-il qu'ils l'emmerdent, tous ces syndicalistes ! C'étaient les pires des ouvriers. La geignardise était leur seconde nature – juste après la paresse, cela allait de soi. Il en avait assez de ces scènes répétées. Ils allaient, encore, demendier une hausse des salaires, du confort, et une réduction de leur temps de travail ; et il devrait, encore, les remettre à leur place, c'est-à-dire à leur poste. Arrivé devant eux, il souffla puissamment.

— Alors, qu'est-ce qui vous arrive, cette fois ?

Assujettis à des machines,
Larbins des scies et du broyeur
Qui nous ont fait courber l'échine,
Nous n'osons plus compter nos heures !

— Qu'est-ce que vous braillez ? On vous force pas à faire des heures sup' !

Notre salaire de misère
Nous l'impose. Alors, chaque soir,
Nous repartons un peu plus tard :
Nos enfants ne voient pas leur père.

Mais pire que de se tuer
De l'aube jusqu'à la nuit noire,
Nous devons encore endurer
D'avoir un rythme de bagnard.

C'est la cadence qui nous crève !
Le chrono nous prend de vitesse :
La chaîne accélère sans trêve
La production de vos richesses.

Le contremaître perdait pied. Debout devant la porte de son cagibi, il regardait, furieux, les pleurnichards fainéants qui lui collaient, sans ménagement, toute leur souffrance sur le dos.

Dès le signal de la pointeuse,
L'usine pousse sa clameur.
Rugissent tôle et polisseuse ;
Le bruit fait trembler notre cœur.

Il nous reste à briser nos reins.
Porter, pousser, charger : souffrir !
N'est-ce pas le but du chagrin
Que nous user pour vous servir ?

— Pauv' petites choses. Vous voulez bosser, mais pas vous fatiguer !

C'est qu'avec notre épuisement
Grandit le risque d'accident !
Combien ont perdu une main ?
Combien y ont trouvé leur fin ?

Mais qu'importent nos sacrifices :
Vous en tirez vos bénéfices.

— Bon, ça suffit maintenant. Retournez au boulot !

Fort, s'avançant d'un pas

Cesse donc d'aboyer, toi le chien du maître !
Nous ne sommes que le bétail

Dont les gros viennent se repaître.
On ne nous renverra pas mourir au travail.

C'est la grève.

Le contremaître chancela. Il ne comprenait pas. Pourquoi lui désobéissait-on ? Il avait, pourtant, haussé le ton et la voix. Est-ce que cela voulait dire qu'il n'était plus le chef ? La grève, la grève ! Quoi, la grève ? Comme si une pauvre grève allait briser la chaîne ! Est-ce qu'on allait cesser de produire des conserves ? Est-ce que les gens allaient arrêter d'en acheter ? Il fusilla Jean-Pierre, ce chieur de toutes les circonstances, qui conduisait le syndicat avec son expression dure mais satisfaite, presque amusée de son agacement, et sentit que la haine le gagnait brusquement. Il maudissait Waldeck-Rousseau, et sa loi anarchique qui avait permis aux syndicats de naître, et, décennie après décennie, de semer la pagaille et l'insubordination dans la tête des ouvriers, et voilà le résultat ! La grève… et pourquoi pas la révolution ? Il n'osa pas le dire ; on semblait y songer.

« Alors, foutez-moi le camp ! »

Il écumait de rage. Les ouvriers se regardèrent, et calmement, s'en allèrent côté cour. Pendant un bref instant, le contremaître fut soulagé que son autorité ne fût pas complètement perdue ; mais quand les employés eurent passé la porte, il fut pris de panique. Seuls quelques salariés étaient restés. Comment allait-on remplir les quotas ? Qui ferait fonctionner les machines ? À qui donnerait-il des ordres ? Il se mordit la lèvre de nervosité.

Soudain, sur son épaule, il sentit se poser une main rassurante. Il releva la tête : c'était le directeur.

« Vous n'avez jamais connu de grève, n'est-ce pas ? »

Le directeur avait un sourire confiant.

« Ne vous inquiétez pas. Ce n'est qu'un mauvais moment à passer. »

Mais la main, peu à peu, s'était mise à trembler.

LE PÈRE CHARNIER

Chanson de piquet

2. C'est le père Charnier qui lui a demandé :
Et comment vous ferez si j'veux vous licencier ?
C'est le bon père Jean-Pierre qui lui a répondu :
Une grève générale et on n'en parle plus !

3. V'là le père Charnier qui dit : C'est insensé !
C'est moi qui suis l'patron j'ai l'droit d'vous exploiter !
C'est le bon père Jean-Pierre qui lui a répondu :
Quand ça sera l'grand soir vous finirez pendu !

Une grosse colonne de fumée noire s'élevait de la cour de l'usine, où l'on faisait brûler des pneus et des chipolatas. C'était le premier jour de mobilisation : tous les copains ou presque avaient signé sans hésiter le préavis de grève, et s'étaient retrouvés pour tenir le piquet. La direction criait, les ateliers se taisaient, et les journaux titraient : LE MOUVEMENT S'ESSOUFFLE. Les ouvriers ne semblaient pas gênés par ces articles. Pas un seul n'en avait seulement touché un mot. De la mauvaise presse, ils s'étaient contentés de faire de bons cornets à frites. Il y avait un air de fête. On chantait, on riait, on s'embrassait, comme si c'étaient déjà les vacances, et qu'on était venu se dire au revoir avant de partir. On avait même tendu des fanions, aux couleurs éclatantes du syndicat, et des banderoles, avec les slogans en grosses lettres que les délégués avaient peintes à la main. Oui, c'était bien un air de fête, mais un air lourd, un air d'avant l'orage, qui mêlait la fatigue à la joie, et ne trompait personne : tout le monde était venu en tenue de travail.

Le plus trapu des cégétistes s'était campé sur l'estrade et disait, l'expression convaincue, toutes sortes de choses sans doute très justes, d'une voix tellement saturée que seul son mégaphone parvenait, quelquefois, à discerner des mots. Derrière lui, deux camarades hochaient la tête vigoureusement et lâchaient, de temps à autre, leur approbation dans un grognement.

« C'est vrai, ça !

— Il a raison !

— Ouais, bien dit ! »

Ils allaient parfois jusqu'à applaudir. Alors, tout le monde interrompait ses bavardages, le temps d'acclamer l'orateur.

Celui-ci marqua une pause. Ses yeux étaient braqués sur la grille d'entrée. Peu à peu, on se tut, et, l'un après l'autre, on se retourna. Marcel et quelques autres traversaient sans rien dire la foule de grévistes, et on les regarda traverser sans rien dire. Il y eut un silence. On observa la tête des jaunes, et le visage marron de Monsieur le Directeur qui, droit comme un i à la porte des ateliers, tournait son nez d'impuissance avec le contremaître. Un rire brisa le silence. Ce fut pire. La gêne augmenta encore. Puis, après un long moment, l'orateur recommença, et les conversations reprirent. De toute façon, les briseurs de grève n'étaient pas assez nombreux pour faire tourner les machines, ni lancer la moindre production. On leur ferait passer le balai, on leur donnerait sûrement la réserve à ranger, mais rien n'arriverait aux camions de livraison. Les cadres fixeraient le cadran de l'horloge, et les comptables compteraient les pertes.

Compter les pertes ! Ils le feraient aussi, d'avantage peut-être. Ils s'étaient engagés dans une guerre d'usure dont ils ne sortiraient, même en cas de victoire, qu'affaiblis ou brisés. Ils nourrissaient l'espoir que des petits malins diplômés de l'ENA montreraient au CA que céder aux grévistes leur coûterait moins cher que prolonger le conflit. D'ici là, il faudrait se serrer la ceinture. On beuglerait, pour ne plus bêler ; on ferait vache maigre, pour ne plus se faire tondre.

« Regardez-moi un peu cette bande de feignants. On se croirait dans une kermesse ! »

Le contremaître cracha avant de fermer la porte.

Popote ouvrière !

CGT – FO – SUD

Couscous..................7€	}	Préparés avec amour par vos délégués préférés !
Choucroute................7€		
Crêpes....................7€		

Bière	***2€***
Jus de fruit	***2€***
Limé	***2,50€***
Kir.................................	***3€***
Communard	***3€***
Vin – blanc ou rouge	***2,50€***

Les recettes alimenteront la caisse de grève

Des salaires indécents !
Des conditions de sécurité insuffisantes !

Pour que les choses changent : rejoignez les syndicats !

CGT – FO – SUD
Les acquis par nos luttes

Le journaliste rangeait son matériel dans le camion. Il était presque sept heures du soir. Il avait eu une dure journée. Il n'avait fait que courir de sujet en sujet. Il avait dû filmer le marché de Colmar, où des femmes voilées venaient faire leurs courses ; puis il avait tendu le micro au trottoir, pour savoir son avis sur les récentes réformes de la politique agricole européenne ; à midi, pas de pause ; à peine un sandwich triangle, rapidement avalé ; il fallait bien compter deux bonnes heures de route pour arriver à Clarence. Il poussa un soupir. Qui pouvait se vanter de se déplacer plus qu'un petit reporter d'une chaîne locale ?

Il n'était pas facile de couvrir une grève. Les ouvriers sifflaient, huaient, raillaient, montraient le poing et les dents. Dans les fumées noires et âcres des pneus brûlés, il n'avait pas trouvé de point de vue correct sur ce qui se passait ; alors il s'était mis derrière la police, et on l'avait copieusement insulté. Vendu, vendu ! Quoi, vendu ? Il fallait bien qu'il prenne des images pour les informations ! Est-ce qu'ils n'étaient pas satisfaits qu'on parle de leur mouvement ? Est-ce qu'il avait filmé autre chose que les faits ? Il n'était pas responsable de leurs débordements, de leur violence, ni de leur haine. Vendu ! Vendu ! Qui étaient-ils, d'abord, pour lui faire la leçon ? Que savaient-ils de lui, de son travail ? Est-ce qu'ils s'imaginaient que ses études de journalisme s'étaient passées sans incident ? Qu'il n'avait pas fourni d'efforts ? Que sans les bourses – ses parents gagnaient juste assez pour qu'il n'eût aucun droit – il avait été simple de payer le loyer de sa piaule ? Et les frais d'inscription ? Et la cantine ? Et les manuels de géographie, d'Histoire, d'économie, et de science politique, introuvables d'occasion, et jamais disponibles à la bibliothèque ? Est-ce qu'ils se figuraient qu'il n'avait pas trimé, seul, et des nuits entières, jusqu'à l'épuisement, pour obtenir des résultats vaguement acceptables ? Assez ! Il avait mérité son diplôme et sa place !

Il avait mérité davantage, peut-être. Sorti de son école, et sa mention en poche, on aurait dû le recruter dans une bonne rédaction de la presse nationale. Il n'aurait sûrement pas présenté le journal ; il débutait, tout de même ; mais il aurait accompagné les reporters plus expérimentés sur le terrain, à l'étranger pourquoi pas, voire – s'il se montrait assez dégourdi et entreprenant – dans les pays en guerre, ou frappés par les cataclysmes naturels. Il aurait dû, rapidement, monter en grade, devenir chroniqueur, diriger son équipe, concourir pour un prix, et, qui sait, un jour, si le hasard des circonstances le permettait, s'il rencontrait les bonnes personnes, avoir son émission. Il n'avait justement pas rencontré les bonnes personnes. Il était seul. Son rédacteur en chef ne se souciait pas de lui, et répétait, depuis six ans et quatre mois, sur le même ton encourageant : « Patience ! Continue comme ça ! Ton heure viendra. » Mais rien n'avait changé. On le payait toujours à la pige, au lance-pierre, et invariablement, dans la distribution des sujets à traiter, il ne lui revenait que les chiens écrasés. Il n'avait, disait-on, pas encore le niveau. « Julien, Julien… Allons, tu sais bien que la chaîne a réduit ses moyens. Je n'ai pas le temps de te former. Je sais, je sais (sourire) : tu as eu un bon parcours, dans une grande école. C'est prometteur ! Mais tu sais bien qu'entre l'école et la vraie vie, il y a l'expérience, qui fait toute la différence. Prends donc un peu le temps d'observer tes collègues. C'est l'occasion rêvée ! »

Il frappa du poing droit la porte du camion.

« Vieux con ! »

Il frappa encore.

« Vieux con ! »

Encore.

« Vieux con ! »

Ses jointures saignaient, à présent. Il serra la mâchoire. Sa voix s'était brisée. Il revoyait le visage rougeaud du rédacteur en chef, qui ne quittait jamais son expression paternaliste et satisfaite, et sa main molle se poser sur son épaule, comme pour calmer la fougue d'un chiot trop enthousiaste. Observer ses collègues ! Il n'était pas un collégien en stage de découverte ! Il aurait voulu lui jeter une phrase mortellement vraie, un de ces aphorismes qui font les gros titres, mais il n'osait jamais : il n'était pas du genre à mordre. Il enleva sa veste, la plia, la posa, et du dos de la main, il épongea la sueur qui perlait sur son front. Le soleil avait cogné jusqu'au soir. Son casque audio lui serrait le crâne et les oreilles. Il étouffait. Il se passa les doigts dans les cheveux, et se massa les tempes. « Tu es encore trop jeune… Tu es impatient, c'est normal ! Moi aussi, je l'étais, à ton âge ! » Il frappa de la tête la porte du camion, et resta immobile, les yeux fermés, appuyé contre la tôle cuisante. Trop jeune ? Trop jeune ? Le mot l'insupportait. Que pouvait-il y faire, à son âge ? Attendre ? Sans doute, mais – il l'entendait d'ici – cela ne servirait à rien : quand il ne serait plus trop jeune, c'est qu'il serait trop vieux. On s'obstinerait donc à le mettre de côté, et puis – s'il ne se faisait pas licencier d'abord – il aurait une retraite minable, jusqu'à ce qu'il crève enfin, de vieillesse et de rage. Sa vie serait si dérisoire. Il n'aurait fait que passer, du placard au cercueil.

« Fumier ! »

Julien se retourna.

« Quoi enc… ? »

Un ouvrier se débattait. Un agent procédait à son interpellation. Le genou fermement enfoncé dans son dos, il le maintenait au sol, couché sur le ventre, et sortait ses menottes. Autour, ses coéquipiers repoussaient les grévistes qui s'étaient attroupés.

« Arrêtez ! Mais arrêtez ! Il suffoque !
— Salopards !
— Ils vont le tuer !
— Ordures ! »

Les joues de l'ouvrier enflaient. Son teint virait à l'écarlate. On aurait dit que ses veines allaient exploser. Julien saisit sa caméra, ôta le capuchon de protection de l'objectif, ajusta rapidement la bonnette au micro, et lança l'enregistrement.

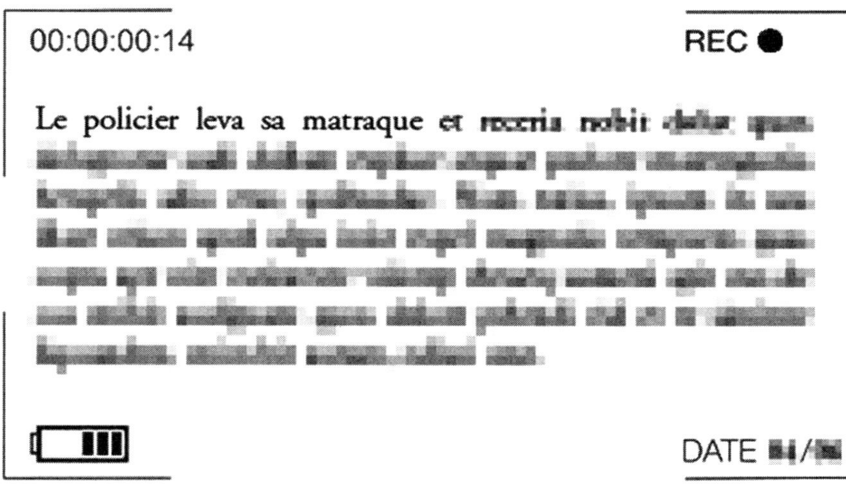

Julien ne comprenait pas. Les rushs étaient inexploitables. Il avait, pourtant, correctement réglé la distance focale, l'ouverture relative, et bien évalué la profondeur de champ ; il n'en restait pas moins que l'on n'y voyait rien. Il eut un rire crispé. À quoi bon s'inquiéter ? Aurait-on, de toute façon, permis de diffuser une vidéo pareille au vingt heures régional ? Y aurait-il eu enquête ? Aurait-on demandé des comptes au préfet ? Finalement, il n'y avait aucun mystère. Ce n'était tout simplement pas le type d'images que pouvaient retenir les caméras de France Télévisions. Le silence était retombé. Sa main lui faisait mal. Elle était rouge. Elle était sale. Il n'arriverait jamais à faire partir cette tache, ni cette odeur qui le prenait soudain à la gorge ; tous les parfums d'Arabie n'y suffiraient pas. C'était une marque indélébile. Julien posa sa caméra, et pensa un moment. Comment sortir de ce brouillard, où il était perdu ? La lumière se fit. Peut-être faudrait-il qu'il change d'objectif. Qu'il prenne un angle plus large. Qu'il quitte son journal pour une presse libre.

La presse était venue en nombre. Pour couvrir l'évènement, une foule de reporters de journaux nationaux – comprenez parisiens – avaient fait le déplacement avec leurs photographes. Comme les gazettes locales étaient déjà sur place, il fallut bousculer deux ou trois provinciaux ; on finit de la sorte par se trouver les meilleurs points de vue sur la scène, où l'on se prépara à brandir les microphones dans le visage des officiels. On s'empressa de repérer messieurs le directeur des ressources humaines, le préfet, et le ministre, qu'on pilonnerait bientôt de questions. Puis on se mit en quête des têtes des fortes têtes : on s'assurait ainsi de saisir, à l'instant *t*, l'expression que prendraient les chefs du syndicat.

Sur le côté droit de l'estrade, pour rendre plus aisée l'ascension des membres du conseil d'administration, on avait disposé un petit escabeau, à trois marches, dont on se servait d'ordinaire pour permettre au président du conseil régional de descendre du train, quand il était en visite, et que les fonctionnaires de la préfecture avaient pris soin d'amener, comme une marque d'estime. Monsieur le préfet monta d'abord, suivi de près par le ministre ; ils se postèrent à bonne distance du pupitre et laissèrent, aimables, le directeur des ressources humaines s'y risquer le premier. Celui-ci tapota mollement le micro, desserra sa cravate, puis se racla la gorge : il y eut un larsen. Devant lui, une soixantaine de bleus de travail croisaient les bras férocement, dans un silence presque total – on distinguait, ici et là, quelques éclats de toux, ou un reniflement, rapidement réfrénés : l'impatience montrait les dents. Le directeur prit une inspiration, et se mit à parler. On entendit à peine les phrases trébucher sur ses lèvres ; sans compter que le vent, furieux, balayait chaque mot : les haut-parleurs, confus, amplifiaient une sorte de crachat suraigu.

Le premier rang, tendu, concentré à l'extrême, attrapait çà et là quelques syllabes à la volée. On les fit circuler vers l'arrière du public ; et les premiers sifflets s'élevèrent peu à peu. Le directeur, gêné, fit quelques gestes d'apaisement, qui finirent de crisper l'assistance ; il acheva son *speech* aussi vite que possible, et voulut se soustraire à la colère qui explosait ; mais il fut pris au piège en sortant de l'estrade.

« Monsieur le Directeur ! Monsieur le Directeur !

— Comment pensez-vous que votre annonce sera perçue par les salariés ?

— Pensez-vous que ces mesures seront bien accueillies par l'opinion publique ?

— Est-ce que vous avez peur que les Français ne comprennent pas la nécessité de ces mesures ?

— Écoutez, je crois que...

— Que vous a dit le ministre, hier, à Matignon ?

— Est-ce qu'il vous a dit son soutien à l'industrie agroalimentaire ?

— Un mot sur les déclarations du président de la République ?

— Eh bien, je...

— Est-ce que vous croyez que ces annonces mettront enfin un terme aux mouvements sociaux qui paralysaient le pays ? »

Le directeur eut un soupir, et renonça. Sans dire un mot de plus, il se fraya un chemin parmi les frénétiques de l'interrogative. Déjà, on commentait un silence éloquent, une attitude déterminée, sans appel, et une volonté de ne pas trop en dire de la part du groupe, signe d'une communication parfaitement gérée. Le directeur parvint à s'éloigner, et reprendre son souffle. Quand il releva la tête, il croisa le regard d'un meneur de la grève, et frissonna nerveusement. On eût dit que...

« Sur le visage des ouvriers, c'est la consternation, coupa un journaliste de son ton monocorde. L'annonce vient de tomber de la bouche du directeur des ressources humaines : pour faire face aux difficultés de la crise économique, et rattraper son retard de compétitivité, le site de Clarence des usines Charnier devra réduire son personnel. La direction a cependant tenu à rassurer les salariés : ce plan ne concernera que certains secteurs du site, et se limitera au strict minimum ; elle a par ailleurs confirmé que le siège a bien entendu les doléances des grévistes, et promet de bientôt faire des efforts dans leur sens. Un plan de sauvegarde de l'emploi qui n'est pourtant pas pour plaire à tout le monde : vous entendez derrière moi les huées des employés. Du côté des syndicats qui avaient lancé la grève et espéraient hier encore une hausse des salaires, c'est la frustration ; et la grogne se fait sentir. Il faut dire que depuis quelques jours, le mouvement s'essoufflait. Le mécontentement, lui, est malheureusement loin de toucher à sa fin : pour les cadres de la compagnie, il faudra donc encore faire preuve… de pédagogie. »

Le directeur baissa les yeux. Il était impossible de soutenir ce regard dur, des profondeurs duquel surgissaient de concert accusation et blâme, jugement et condamnation ; c'était fixer l'abîme ; spectacle vertigineux. Heureusement pour lui, le directeur était rompu au combat contre sa conscience ; sitôt qu'il détourna les yeux, il sentit sa pensée et son cœur s'alléger. Lorsqu'il prenait la fuite, la culpabilité ne le poursuivait jamais bien loin. Et puis, il y avait avec lui le préfet, et le ministre surtout, avec qui il irait, tout à l'heure, échanger, au restaurant, autour d'un délicieux en-cas, quelques plaisanteries sucrées-salées ; on fêterait la victoire pour en conjurer l'amertume. Que pouvaient bien lui faire les grands airs arrogants d'un chômeur en sursis ? Il haussa les épaules, et passa à autre chose.

Les cris moururent un peu. Leur bruit fut enseveli sous un silence pesant, et les grévistes restèrent sans voix. Cette annonce, c'était la catastrophe. C'était la terre qui s'écroulait. Après ces quelques semaines à tenir sans salaire, beaucoup retourneraient au travail, vaincus ; d'autres, c'était pire encore, n'y retourneraient pas ; on les remercierait ; ils partiraient sans rien. Sans rien ! Mais le crédit de la maison, alors ? Le caddie qu'il fallait remplir ? Les vêtements, le chauffage, les fournitures scolaires ? Déjà qu'ils ne voyaient presque plus le médecin. Ils partiraient sans rien. Mais qui ? On ne le savait pas. Aucun nom n'avait été donné. Les hommes se regardaient horrifiés, les bras ballants : le désespoir, et la résignation, les avaient cassés. Au milieu de cette désolation, Jean-Pierre laissait paraître une espèce de sourire, qui n'était pas tout à fait triste. Ses yeux, sereins, brillaient : il ne s'y trouvait pas le plus petit commencement de crainte, de dégoût, de mépris ou de haine ; mais un vague amusement, à peine perceptible, que la défaite n'étouffait pas ; son visage disait, silencieusement : « Patience ! Rira bien qui rira le dernier. » Rien n'avait ébranlé sa détermination, car rien de ce qui comptait à ses yeux ne lui avait été arraché. Les victoires et défaites étaient anecdotiques. La lutte était sa raison d'être ; le but importait peu. Il aimait, par-dessus tout, lorsque les injustices se présentaient à lui, se ranger aux côtés de tous ses camarades, où il avait sa place ; son bonheur était fait de ces semaines dures, qu'il passait dans les réunions, sur les piquets de grève, et dans les manifestations, à se battre, oui, à se battre ; à se battre jusqu'au bout, comme un démon, presque désespérément ; mais avec les copains.

Il avait légèrement relevé sa casquette, en sorte qu'il pouvait toiser le contremaître, le directeur, les agents, et la presse, et leur sourire aussi ; c'était comme s'il se moquait d'eux ; c'était comme si tout allait bien.

Un ouvrier le vit.

« Jean-Pierre ! Mais… tu es heureux ? »

Jean-Pierre ne réagit pas. L'autre lui tira l'épaule.

« Jean-Pierre ! Réponds-moi, bon sang ! À te voir, on ne dirait pas que nous avons perdu. Explique-toi ! »

Jean-Pierre se retourna.

Regardant l'ouvrier avec tendresse

Si demain les monstres passaient,
Et laissaient la terre orpheline,
La guerre abolie et la paix
S'installer comme une routine,

Si les patrons se retiraient,
Rendant l'outil aux travailleurs
Et les terres à cultiver
Aux pâtres et aux laboureurs,

Si les banquiers déguerpissaient,
Abandonnant leur opulence
Aux pauvres qu'ils ont endettés,
S'ils jetaient au feu leurs créances,

Si les dévots se défroquaient,
Confiant aux brebis leur conscience,
Les délivrant du chapelet,
De Dieu et sa toute-puissance,

Si les généraux se rendaient,
Jetaient leurs fusils à la mer,
Quittaient le front, se souriaient,
Et se serraient la main en frères,

Si les tyrans capitulaient,
Laissant la loi entre les mains
D'un peuple sage et libéré
Qui se choisirait son destin,

Le monde pourrait refleurir.

Mais si l'humain disparaissait,
Abandonnant la polémique,
Renonçant à ses vanités
D'art, d'amour et de république,

Je m'ennuierais à en mourir.

L'ouvrier ne bougeait plus : il était effaré. Jean-Pierre, cette montagne, trahissait presque.

« Alors, depuis le début… tu te fichais de gagner ? »

Non, il ne s'en fichait pas. Jean-Pierre était, comme les autres, cruellement affligé. Il avait ardemment désiré l'emporter ; il aurait voulu obtenir l'augmentation des salaires, la réduction du temps de travail, ou, au moins, si tout cela n'était pas possible, de meilleures conditions de sécurité. Il aurait été prêt à tous les sacrifices pour être utile aux gars. Il aurait tout donné. Il serait mort sans hésiter pour n'importe lequel de ses collègues, syndiqué ou non ; mais tant pis. On gagnerait une autre fois. Il ne pensait déjà plus qu'aux prochaines batailles.

Remerciements

74. Le chiffre était tombé du siège la semaine passée. Soixante-quatorze. Le mémo précisait qu'il fallait agir sans attendre. Soixante-quatorze, soixante-quatorze ; Monsieur le Directeur était bien ennuyé. Il n'aimait pas se séparer de collaborateurs. Voir des hommes crier de colère. Éclater en sanglots. Exprimer leur détresse. Il manquait de courage. Il sentait – il sentait, c'était déjà une faute – qu'il ne pouvait s'empêcher de partager un peu de la douleur des pauvres gens qui ne le verraient plus, et qu'il ne verrait plus ; d'autant qu'ils n'étaient pas des étrangers pour lui. Monsieur le Directeur avait une grande affection pour ses ouvriers. Il pensait à leur bien. Il se montrait sévère, mais juste. Il les aimait comme ses enfants. Pour son plus grand malheur, ses enfants rejetaient cette générosité. Ils l'injuriaient, ils la raillaient, ils la niaient ; et seul le contremaître l'aimait comme son père. Une ombre passa sur son visage. C'était un déchirement.

« Ce sont les lettres de remerciement ? »

Le contremaître prit une figure de circonstance, et acquiesça.

« C’est vraiment regrettable. »

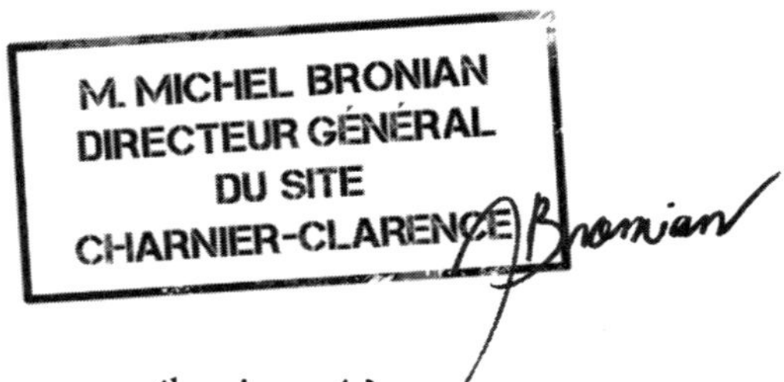

« Qui avez-vous sélectionné ?

— Les excités d’abord : Fabre, Léone, et Sérégnat bien sûr, qui a mené la grève.

— Ah, fit le directeur d’une voix blanche. C’est bien. »

« Les trois suivantes sont pour les sœurs Chabrolles, et leur cousin, Carmier. Ils ont ensemble cumulé plus de cinq semaines d’absence.

— Ah. C’est vrai. »

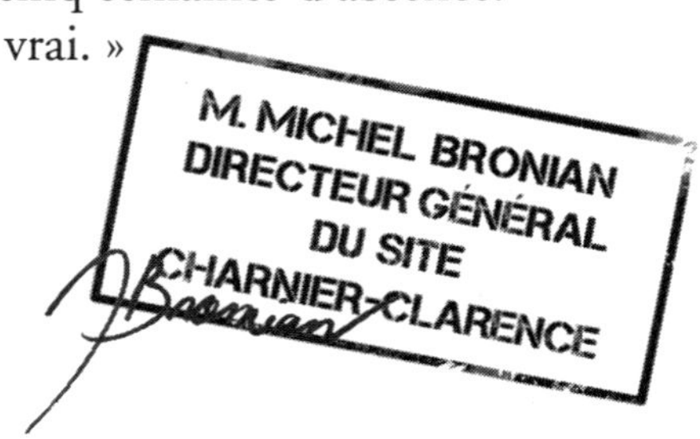

Monsieur le Directeur marqua un temps d'arrêt.

« Tiens ? Pourquoi mademoiselle Grimms ? Il me semblait pourtant qu'elle n'avait pas cessé le travail ?

— Sa productivité a baissé ces temps-ci. Je la soupçonne d'avoir traîné la jambe, pour faire grève l'air de rien.

— Ah, c'est juste. »

Monsieur le Directeur se ressaisit d'un coup.

« Est-ce que vous avez regardé les informations, hier ?

— Oui. On ne parle que de nous.

— Ça ne durera pas », assura le directeur.

« Vous croyez ?

— Oh, oui. Les journalistes ont d'autres chats à fouetter, vous savez : il y a bien assez de chiens écrasés. »

Il y eut un silence.

« Et sinon, vous avez réfléchi à ma proposition ?

— La mutation ?

— Oui. »

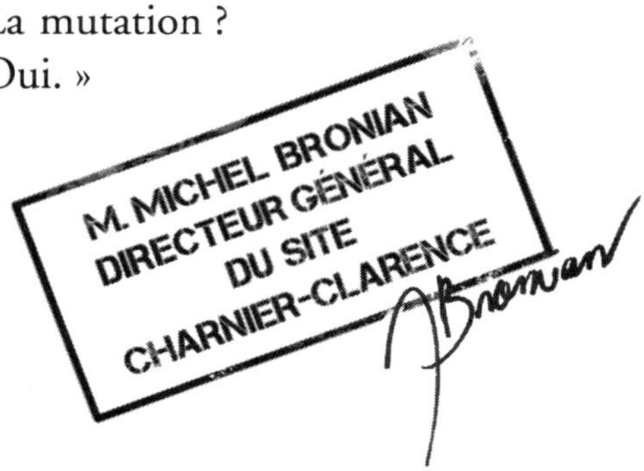

« Je ne sais pas. C'est vrai que ça a l'air intéressant, et puis… je n'ai aucune attache ici, mais…

— Vous feriez bien de sérieusement y songer. Des occasions pareilles ne se présentent pas tous les jours. Ça ne vous tente pas, d'aller faire un peu de management dans les bureaux ?

— Vous pensez que j'en serai capable ?

— Voyons voir… vous savez bien faire un nœud de cravate ?

— Je devrais m'en sortir.

— Alors vous devriez vous en sortir. »

« L'usine me manquera.

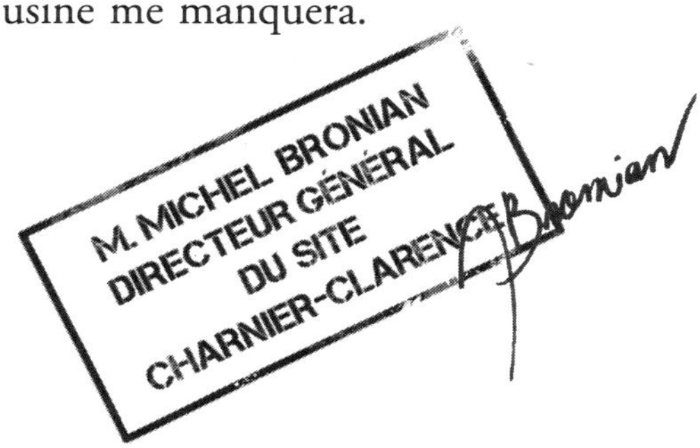

— Je ne crois pas, non. »

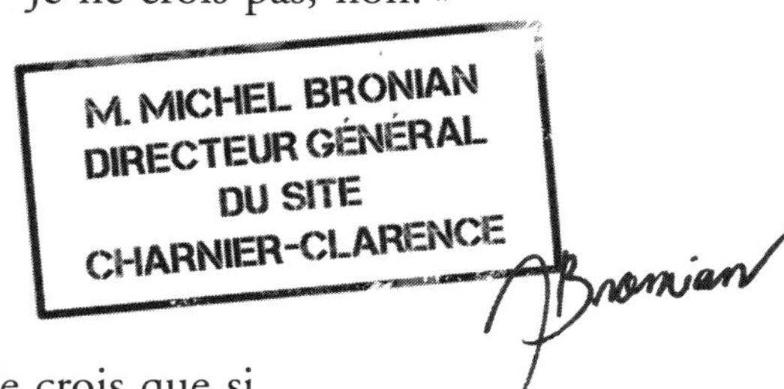

« Je crois que si.

— Vous n'allez pas me dire que parcourir les ateliers à longueur de journée suffit à votre bonheur ?

— Eh bien… »

Le contremaître hésitait. Il avait l'air d'attendre une autorisation. Monsieur le Directeur l'encouragea d'un geste.

« Je crois… je crois qu'au fond de moi, j'aime bien les machines. Les entrepôts. Le ballet des caristes. L'ordre qui règne sur les lignes bien réglées, et les produits qui se bousculent pour arriver plus vite dans les camions de livraison. L'odeur prenante de la soudure, et de l'acier fumant. La sublime grandeur de ces petites gens qui, en rang devant les grilles avant le lever du soleil, passent à la pointeuse, silencieusement. Une fois entre les murs, ils ne forment plus qu'un, et je crois, même, que je me joins à eux. Je suis des leurs, et nous sommes l'usine. Même quand je les entends dire tout le mal qu'ils pensent de moi, de vous, et du siège du groupe, même quand je les surprends, que je leur crie après, et que je les punis, je fais partie des leurs, je fais partie d'un tout, et nous sommes l'usine. C'est quelque chose d'immense qui nous dépasse tous, et que nous sommes tous ensemble. Nous sommes l'usine. Elle est tout pour nous, et elle est tout pour moi : elle est ma maison, ma famille, ma chair ; et c'est dur de partir. »

Le contremaître regardait dans le lointain. Il avait murmuré ses dernières paroles ; pourtant elles sonnaient, elles retentissaient, merveilleuses et puissantes, comme l'auraient été les sermons du prophète, l'enseignement du Christ, et les commandements ; elles semblaient invincibles ; elles avaient avec elle la force de l'évidence ; elles exhalaient le souffle de la vérité. Monsieur le Directeur, ébahi, le contemplait, et l'écoutait, les lèvres entrouvertes et le tampon figé en l'air. La tête relevée et tendue vers le ciel, le contremaître avait décroisé les bras, et ouvert les mains, comme pour mieux recevoir. Tout son être s'était éclairé de passion, et rayonnait chaleureusement. C'était comme s'il était touché par la grâce.

« Pour un peu, je comprendrais les grévistes. Aucun de ces idiots ne désirait l'exil. »

Monsieur le Directeur sursauta dans son fauteuil.

« Reprenez-vous, enfin. On ne commence pas contremaître pour devenir syndicaliste. »

Le contremaître revint à lui, et croisa le regard étonné du directeur. C'était comme s'il sortait d'un rêve. Au bout d'un court silence, ils eurent un rire sans conviction.

Alors le directeur put reprendre le travail.

« Allons, dit-il, encore celle-ci, et puis nous irons manger un morceau. Je crois que vous avez besoin de reprendre vos esprits.

— Oui, vous avez raison. »

Charnier AgrIndus
3, route des Géraniums
63 891 CLARENCE

Mme Camille Jouvre
Bâtiment C, Appartement 412
Cité des Lilas
68 891 CLARENCE

Objet : notification de licenciement

Madame,

Dans le cadre d'une mesure de licenciement collectif, nous vous avons remis le 13 août une proposition de CSP. Nous vous rappelons que vous avez jusqu'au 27 août inclus pour faire connaître votre décision d'adhérer ou non à ce dispositif. En cas d'adhésion, votre contrat sera rompu d'un commun accord des parties, aux conditions figurant dans le document annexe de ce courrier.

Sans réponse de votre part dans les délais indiqués, ou en cas de refus, la présente lettre constituera la notification de votre licenciement, justifié par les faits suivants :

La filiale du groupe Charnier, Charnier AgrIndus, se trouve dans une grande difficulté financière et doit, pour maintenir la viabilité de l'entreprise, se restructurer, notamment en fermant certaines lignes de production.

Conformément à l'article L.1235-7 du Code du travail, les actions en contestation de la régularité ou de la validité du licenciement doivent être engagées dans le délai de douze mois à compter de la notification de la présente.

À l'issue de votre préavis, vous recevrez les documents suivants :

- Dernier bulletin de paie et son règlement ;
- Certificat de travail ;
- Reçu pour solde de tout compte.

Veuillez croire, Madame, en mes sentiments les meilleurs.

M. MICHEL BRONIAN
DIRECTEUR GÉNÉRAL
DU SITE
CHARNIER-CLARENCE

« Wasser ! Changement de poste. On vous met à la ligne.

— À la ligne ? Mais pourquoi ?

— Pas la peine de vous inquiéter. Mêmes conditions salariales.

— Mais je suis métallo, moi !

(Soupir)

— Inutile de discuter. La décision a été prise la semaine dernière. On ferme votre section. »

Les ateliers étaient bien vides. On aurait dit que la grève se poursuivait. Marcel suivit le contremaître sans dire un mot jusqu'à la chaîne à laquelle il serait désormais attaché. On ne lui présenta pas ses nouveaux collègues, ni sa nouvelle machine. Rumpelstiltskin l'abandonna à un ogre mécanique, et lui lança :

« Vous passerez la viande là-dedans ! »

Il voulut le retenir, lui dire qu'il s'agissait sûrement d'une erreur, lui dire d'attendre ; mais la chaîne ne pouvait attendre personne, et la chaîne se lança. Le tapis apporta sans discontinuer des morceaux de viande dépecée, que Marcel précipitait dans l'entonnoir de la machine qui demandait toujours plus. Il la jetait, il la tassait, le geste se répétait, s'accélérait, se répétait, s'accélérait encore ; en quelques minutes, il fut dépassé.

Marcel, qui poussait du majeur,
Eut une impression anormale :
Déjà sa phalange distale
Était partie dans le broyeur.

La menotte se prend au piège.
En un petit tour de manège,
Les lames se font un régal
Des phalanges intermédiales.

En quelques secondes fatales,
La machine chirurgicale
Mange la main à rebrousse-poil,
Ampute au rythme maximal,

Et c'est au tour des proximales :
Cette automatique mâchoire
Aspire dans son entonnoir
Les quatre doigts, puis les avale.

La mécanique anthropophage,
Sans séparer viande et squelette,
Emporte tout dans son assiette,
Poursuit son régulier tranchage.

Aux jointures, les cartilages
Éclatent en petites miettes,
Les tendons claquent et se pètent :
Rien ne ralentit le carnage.

L'inarrêtable moulinette
Se gave de chair et la gerbe,
Ajoute sel et ciboulette,
Fait son meilleur pâté aux herbes.

Et voici que le métacarpe
S'accroche et craque. Le rasoir
Peine un instant,
mais tout-puissant,
Détruit les os récalcitrants.

Viennent les muscles intrinsèques,
Qui se déchirent d'un coup sec.
Interosseux dorsaux, palmaires,
Lombricaux : la gueule de fer

Les arrache tous, par morceaux ;
L'opposant ne résiste pas,
Et l'abducteur du petit doigt
Cède aux morsures du bourreau

Réglé, rodé, millimétré,
Systématique et mesuré,
Qui prend la même quantité
De matière à chaque bouchée.

Le pouce, coincé au dehors
Se courbe et casse sous l'effort ;

Alors l'éminence thénar
Plonge en premier dans le hachoir.

Le pouce saute et tombe au sol.
La machine hoquette,
frémit
Comme sous l'effet de l'alcool,
Entame le poignet,
gémit,

Il semble
qu'elle a
ralenti.
Elle tousse,
crache,
vomit
Les os du carpe,
et démolit
Le moignon,

Et s'arrête. Le contremaître, imperturbable, avait pressé le bouton d'arrêt. Intervenir en cas d'accident faisait partie de ses obligations contractuelles ; c'était, s'il avait bonne mémoire, l'objet du troisième paragraphe de l'article 2, qui définissait dans le détail ses fonctions et qualifications. Comme il n'avait aucune formation médicale, il se bornait toujours à ses strictes compétences : interrompre les machines, et appeler les urgences.

« Vous, là ! Allez me chercher le téléphone. »

Un attroupement s'était formé.

« Et vous autres, vous êtes pas au spectacle ! Reprenez le travail ! »

ACTE V

Amphithéâtre, université. Dans les gradins, le public, en bavardant, finit de s'installer. En bas, sur l'estrade, une table basse, entourée de trois fauteuils rouges. Derrière, sur l'écran, une diapositive : OSEZ LA RÉUSSITE !

Des gens s'agitent pour les derniers préparatifs.

LE MODÉRATEUR *(frappe trois fois dans ses mains, puis)* – Messieurs…

UN ÉTUDIANT – Quelqu'un a vu mon paquet de cigarettes ?

UN AUTRE – C'est celui-là ?

LE MODÉRATEUR – S'il vous plaît…

L'ÉTUDIANT – Non, mais ça fera l'affaire. Quelqu'un a du feu ?

UNE DAME *(à son mari)* – Heureusement que nous sommes arrivés à temps ! *(avec indignation)* Est-ce que tu crois qu'ils nous auraient attendus ?

UNE ÉTUDIANTE – J'ai un briquet. Mais on ne peut pas fumer ici.

L'ÉTUDIANT – Je sortirai à la pause.

L'ÉTUDIANTE *(riant)* – Tu y penses déjà ? Mais on en sort ! Ça ne m'étonne même pas. Toujours aussi feignant !

LE MODÉRATEUR – Messieurs, allons, un peu de silence je vous prie.

L'ÉTUDIANT – Feignant ! Dis plutôt que je suis le roi de l'anticipation !

LE MODÉRATEUR *(se dirigeant vers le technicien)* – Est-ce que le micro fonctionne ?

LA DAME – Dire qu'il a fallu payer pour assister à cette rencontre !

SON MARI *(ennuyé)* – Dire qu'il a fallu que je paye.

LE MODÉRATEUR *(tapotant son micro)* – Test. Test. Un deux.

L'ÉTUDIANT – Pauvre M. Véron…

LE DEUXIÈME ÉTUDIANT – Toujours aussi peu d'autorité.

L'ÉTUDIANTE – Vous croyez qu'il va réussir à commencer ?

L'ÉTUDIANT – J'espère ! Sinon, on n'aura pas de pause.

UN PROFESSEUR *(passant dans les travées)* – Ça suffit, maintenant. Taisez-vous.

LE DÉLÉGUÉ *(remontant depuis la scène où il était)* – Professeur, excusez-moi…

LE PROFESSEUR – Oui, qu'y a-t-il ?

LE DÉLÉGUÉ – Le vidéoprojecteur ne fonctionne pas.

L'ÉTUDIANT *(entre ses dents)* – Quelle surprise ! *(L'étudiante rit.)*

LE PROFESSEUR – Vous l'avez branché ?

LE MODÉRATEUR *(avec un sourire mal assuré)* – Est-ce que vous m'entendez bien dans la salle ?

LE PROFESSEUR – Un instant, M. Véron, nous avons un problème technique à régler, ici.

L'ÉTUDIANT *(à l'étudiante)* – Dis… Tu sortiras avec moi tout à l'heure ? Je te paierai le café.

L'ÉTUDIANTE *(hésite, puis)* – D'accord.

LE DEUXIÈME ÉTUDIANT *(moqueur)* – Et moi, tu me proposes pas ?

LE PROFESSEUR – Ah, ça y est, ça marche. Il suffisait de l'allumer.

L'ÉTUDIANT *(rougissant)* – Eh bien, comment dire…

LE PROFESSEUR *(frappant dans ses mains)* – Silence tout le monde ! Nous allons commencer ! À vous, M. Véron.

Le silence se fait peu à peu.

LE MODÉRATEUR – Merci, professeur. *(Il tapote une dernière fois le micro.)* Bien, merci, donc, à vous tous d'être venus pour la deuxième partie de cette conférence-rencontre, « Soyez votre propre *success story* », où vous allez pouvoir poser vos questions à notre invité… Pour ceux qui n'étaient pas là ce matin, je tiens à rappeler que ces conférences-rencontres sont un concept d'*event* que nous avons créé, à la *French Business School,* en partenariat avec le ministère des Finances, qui n'a pas pu être représenté ce soir – le sous-secrétaire a eu un empêchement et nous a demandé de l'excuser –, ainsi que le conseil régional et la chambre du commerce.

L'ÉTUDIANT *(bas)* – Il ne va pas nous refaire les remerciements quand même !

LE MODÉRATEUR – Merci également au Bureau des Étudiants qui a coorganisé cette rencontre, au corps enseignant qui s'est prêté au jeu...

L'ÉTUDIANT *(exaspéré)* – Et surtout, merci au public...

LE MODÉRATEUR – Et surtout, merci au public...

L'ÉTUDIANT – Qui est venu si nombreux...

LE MODÉRATEUR – Qui est venu si nombreux...

L'ÉTUDIANT – Et que nous sommes heureux de retrouver...

LE MODÉRATEUR – ... toujours sérieux, impliqué, et enthousiaste...

LE MODÉRATEUR et L'ÉTUDIANT *(ensemble)* – … à chaque événement que nous organisons.

LE MODÉRATEUR – Bien… Je crois que nous pouvons sans plus attendre passer aux questions…

L'ÉTUDIANT – Enfin !

LE MODÉRATEUR – Peut-être qu'avant toute chose, nous pouvons demander à notre invité de dire un mot ?

M. CHARNIER *(prenant un micro sur la table basse)* – Eh bien, d'abord, j'aimerais dire que je suis très heureux que cette école ait eu la bonne idée de m'inviter. Y faut bien que les jeunes gens qui sont l'élite de demain aient au moins un aperçu de ce que c'est que le monde de l'entreprise et le marché du travail ! Parce que tout ça, ça ne s'apprend pas à l'école.

LE MODÉRATEUR *(après un rire gêné)* – C'est vrai qu'il y a des choses qui ne s'apprennent qu'avec l'expérience, même si les études sont très formatrices pour les étudiants.

M. CHARNIER – Évidemment. Je suis sûr qu'ici, vous leur apprenez de belles choses. Mais ces belles choses, eh bien, ce n'est pas comme la réalité. Les études, c'est important : mais ça ne fait pas tout.

Regardez-moi par exemple. *(hoquetant de rire)* Comme vous me voyez, je n'ai même pas le bac en poche ! Est-ce que ça m'a empêché de réussir ? Je vais vous dire la vérité : ce qui compte, c'est de travailler dur, et d'avoir l'esprit d'initiative.

LE MODÉRATEUR – Ah, je comprends, je comprends… Et c'est d'ailleurs ce à quoi nous encourageons nos étudiants, que nous accompagnons dans leur démarche de découverte ! *(silence)* Bien ! *(il se racle la gorge)* Est-ce que quelqu'un veut poser la première question ?

L'ÉTUDIANTE – Une clope sur Jean-Louis.

L'ÉTUDIANT – Édouard. Deux.

LE DEUXIÈME ÉTUDIANT – Je suis. Charles.

L'ÉTUDIANTE – Tenu.

LE MODÉRATEUR *(désignant quelqu'un qui lève la main)* – Oui, Édouard ?

(L'étudiant, l'air victorieux, ouvre la main. Les deux autres lui donnent chacun deux cigarettes.)

ÉDOUARD *(prend le micro qu'on lui tend et se lève)* – Merci, M. Véron. M. Charnier, vous êtes pour nous tous un modèle, un exemple à suivre, une source d'inspiration ; je crois même qu'on peut aller jusqu'à dire que vous incarnez l'image de la réussite. *(s'essuie les lèvres, puis :)* Ce matin, vous avez évoqué les nouvelles méthodes de *management* que vous mettez en place dans le groupe, en particulier l'organisation responsabilisante dont vous avez discuté en co-*working* avec vos consultants japonais, qui consiste à confier aux ouvriers la charge d'assurer la productivité des ateliers, ainsi que le respect des consignes de sécurité. On sait que vous sortez d'une période rendue difficile par les grèves que vous avez subies ces dernières semaines. Est-ce que ça n'est pas un peu inquiétant de laisser autant de liberté à ceux parmi vos collaborateurs qui sont les moins investis dans l'entreprise, les moins capables, aussi, peut-être, d'en assumer le poids ?

M. CHARNIER – C'est une très bonne question. C'est vrai que les ouvriers ne sont pas très fiables, c'est le moins qu'on puisse dire ! *(rires dans la salle. M. Charnier, satisfait, attend que le calme revienne.)* Mais si on y réfléchit, pour bien surveiller les ateliers, pour bien être sûr que ça ne tire pas au flanc, le mieux, eh bien… *(baissant la voix comme pour confier un secret)* c'est que les ouvriers se surveillent eux-mêmes ! Sans compter que ça coûte toujours moins cher que de payer des contremaîtres…

ÉDOUARD – Les contremaîtres vont disparaître ?

M. CHARNIER – Pas si fort, jeune homme, ils pourraient vous entendre ! *(Édouard rit.)* Non, bien sûr, pas tous ! Seulement les moins nécessaires… Et ceux qui restent, ils deviendront « chefs d'îlot », « chefs d'ateliers », « chefs de service »… Ils ne manqueront pas de travail, ça je peux vous le dire !

ÉDOUARD *(timidement)* – Merci beaucoup… Est-ce qu'avant de passer la parole, je peux me permettre de vous poser une dernière question ?

L'ÉTUDIANT *(bas)* – Qu'est-ce qu'on ne ferait pas pour valider son semestre…

LE MODÉRATEUR *(regardant sa montre)* – Bien sûr, Édouard, allez-y, mais faites vite… Il y a beaucoup de questions, et il faudrait laisser la parole aux autres.

ÉDOUARD – Je crois que tous, ici, nous aimerions savoir… Quel est le secret de votre réussite ?

LE MODÉRATEUR – M. Charnier, une réponse brève, je vous prie ?

M. CHARNIER – Il faut savoir prendre des risques.

RIDEAU

Entrée et sortie du personnel

Nom	Poste
BARRAULT Bernard MIALET Betty	Direction
GALLOIS Sébastien	Chef de travaux
SINET Catherine	Responsable formation
CHASTANG Michel	Responsable formation
FAUVEL Guillaume	Inspecteur des travaux finis
DUMORTIER Agnès	Responsable communication
FARET Richie	Graphiste
MARTIN Joëlle TAILLADE Roger	Intervenants
LACROZE Romain	Inspecteur CHSCT
HOLLER Marcel HOLLER Suzanne	Consultants ressource
SOULERIN Clovis D'JAZ DUTHEIL Avril	Intervenants graphistes
BERNARD Camille	Fournisseur informatique

	Motif de remerciement
	Lisent au travail
	Manque d'autorité
	Incitation à la rébellion
	Forme sans formater
	Excès de zèle
	Excès d'enthousiasme
	Fin de vacation
	Travail dissimulé
	Fermeture de service
	DCD
	Fin de mission
	Rejet de l'autorité

Cet ouvrage a été mis en pages par

<pixellence>

Achevé d'imprimer en août 2022
par Normandie Roto Impression s.a.s.
61250 Lonrai
N° d'impression : 2204053
N° d'édition : 438947-0
Dépôt légal : octobre 2022

Imprimé en France